HEYNE BÜCHER

SCIENCE FICTION

Herausgegeben
von Dr. Herbert W. Franke
und Wolfgang Jeschke

DER METALLENE TRAUM

herausgegeben von

HERBERT W. MALY

Science Fictions-Stories

WILHELM HEYNE VERLAG
MÜNCHEN

HEYNE-BUCH Nr. 3389
im Wilhelm Heyne Verlag, München

Zum Teil aus dem Amerikanischen übertragen
von Mary Hammer, Hans Maeter und Gisela Stege

Redaktion: Wolfgang Jeschke
Genehmigte, bearbeitete Taschenbuchausgabe

Printed in Germany 1974
Umschlagentwurf: C. A. M. Thole, Mailand
Umschlaggestaltung: Atelier Heinrichs, München
Gesamtherstellung: H. Mühlberger, Augsburg

ISBN 3-453-30284-2

Inhalt

JÜRGEN VOM SCHEIDT

Der metallene Traum

Jochen Schrödinger beobachtete das unaufhörliche Spiel der Farbspiralen, die sich rings um ihn drehten, während er mit Dr. Markoff den gläsernen Aufzugschacht hinabsank. Sein Gehirn interpretierte diese Zufallsmuster als Tänzer und fliegende Fabelwesen, als Landschaften ferner Planeten, als farbige Wolken, als sich drehende geometrische Körper. Die Möglichkeiten waren unerschöpflich. Dann hörte Schrödinger erstmals bewußt die Geräusche.

»Was ist das? Dieses Dröhnen?«

»Wenn du genau hinhörst«, sagte Markoff, »merkst du, daß es Musik ist. Eine besondere Melodie – die des Kyberneten.«

Schrödinger lauschte aufmerksam. Er sah an Markoff vorbei in die wirbelnden Muster aus Rot und Blau und Orange und Grün und Violett ... Er versuchte sich den ungeheuren Komplex von Rechenmaschinen vorzustellen, der tief unter der Stadt arbeitete und ihre Geschicke lenkte. Und den man den Kyberneten nannte.

»Wo bleiben die Ärzte?« fragte er dann.

»Wir brauchen sie nicht. Der Kybernet ist der beste Mediziner, den es auf Erden gibt.«

»Natürlich«, sagte Schrödinger zerstreut. Sie verließen den Lift und gingen in den gegenüberliegenden Korridor. Als sie das Gleitband betraten, schloß sich hinter ihnen seufzend ein Sicherheitsschott. Der Korridor lag in einem diffusen roten Schimmer. Nur um sie herum leuchteten hellere natriumgelbe Lampen auf. Sie erglühten vor ihnen und erloschen hinter ihnen wieder.

»Willkommen, Herr Schrödinger, Dr. Markoff«, hörten sie die Stimme des Kyberneten. Wie das Licht und das leise Dröhnen war sie überall.

»Wie geht es – dir?« fragte Schrödinger.

»O danke, seit Jahrhunderten gleichbleibend gut.« Die Stimme klang wie die eines Menschen.

»Nach was duftet es hier?«

»Duftet es?«

»Ja. Ein herrlicher Duft.« Schrödinger schnupperte, während sie langsam von dem Förderband weitergetragen wurden. Schließlich traten sie in einen großen Raum, der wie ein Operationssaal ausgestattet war. Überall war leise Musik, die gleiche Zufallsmelodie, die Schrödinger schon vorher im Aufzug gehört hatte. Er war gut gelaunt. Er hatte das Bedürfnis zu reden, stundenlang zu reden.

»Werden wir jetzt Zeitschach spielen?« fragte er den Kyberneten.

»Ich möchte es gerne versuchen. Setzen Sie sich bitte hierhin.«

Schrödinger nahm in der anschmiegsamen Wölbung vor ihm Platz. »Ist es so in Ordnung?«

»Wunderbar. Fürchten Sie sich jetzt nicht. Ich werde uns beide mit einem Sondenbündel verbinden.«

»Warum sollte ich mich fürchten? Dr. Markoff hat mich genau informiert. Diese Sonden zapfen meine Gehirnzentren an ...«

»So ungefähr. Es sind halborganische Molekülketten, deren Enden ich chemisch steuern kann. Sie sind nur wenige Ångström dick. Sie werden davon nichts spüren.«

»Warum duzt du mich nicht – Kybernet?«

»Ich werde das gerne tun.«

»Da ist wieder dieser Geruch ...«

»Er soll dir die Anpassung erleichtern. Wir müssen einander gut angleichen.«

Mensch und Maschine, dachte Schrödinger, der alte Menschheitstraum. Neugierig, ein wenig ängstlich, betrachtete er die Tentakel, die eine Art umgestülpte Perücke auf ihn herabsenkte. Nur daß diese Perücke aus nahezu unsichtbaren, hauchdünnen Fäden bestand. Es war Schrödinger unvorstellbar, wie diese Sonden, bei aller Winzigkeit, sein Schädeldach durchdringen sollten.

Er zog kräftig Luft durch die Nase. »Ist dieser Geruch auch zufallsgesteuert? So wie deine Musik und deine Farbmuster?«

Dann wußte er, was für ein würziger Duft das war, der die Luft kaum wahrnehmbar anreicherte. »Das ist Marihuana«, sagte er erstaunt.

»Etwas ähnliches. Und nicht direkt zufallsgesteuert. Der Duft wird bereits durch eine Rückkoppelung aus deinem eigenen Gedächtnis geholt, verändert, verstärkt und zurückgesendet.«

»Aus meinem eigenen Gedächtnis?«

Der Kybernet sprach die Wahrheit. Ohne daß Schrödinger es wahrgenommen hatte, waren die Tentakel mit den Sondenfäden auf seinen Kopf gesunken, wo die Metallschale fest anlag. Sie war hautwarm.

»Ich habe tatsächlich nichts gespürt!«

»Die Fäden sind so dünn, daß sie durch die Schädeldecke sinken, sobald ich ihre chemoelektrischen Eigenschaften verändere.«

Eine Welle von Furcht durchlief Schrödinger. Täuschte er sich – oder prickelte seine Haut plötzlich wie Feuer? Er wollte noch Fragen stellen. Aber es war unnötig. Nun war er der Kybernet und der Kybernet war er.

». . . aber von dem Baum der Erkenntnis
des Guten und des Bösen sollst du nicht essen;
denn welchen Tages du davon issest,
wirst du des Todes sterben.«

Er war ein schreiendes, wirbelndes Kaleidoskop. Er wiegte sich auf dem Kamm einer schäumenden Woge, seine Arme tasteten über den Grund des Ozeans. Die Sternensee war auf ihm, und in ihm wölbte die Welt ihren trächtigen Leib. Er raste durch den Abgrund zwischen den Milchstraßen, und er zählte die Feuerräder der Spiralnebel, die wie Sandkörner warm und winzig durch seine Finger rannen. Von Norden her tauchte er hinab auf ein Zeltlager, wo Mongolen ihre struppigen Pferde sattelten. Er saß auf der gläsernen Kanzel eines feuerspeienden Drachen, und der dunkelbraune Pilot bewegte die Steuerung. Er tanzte auf Pyramiden, seine Beine überspannten das Sonnensystem, und er wuchs mit tönendem Schädel durch die Wipfel zerzauster Akazien, in denen Vögel mit metallenem Gefieder ihre Schnäbel wetzten. Er war ein schartiges, rostiges Schwert, das aufgerichtet wurde von Männern in grellroten Gewändern. Er war ein feuriger Phallus. Das Licht des Ostens ging bläulich über dem Netzwerk seiner Nerven auf. Er stand am Bug eines Bootes, dessen Segel im Sturm knatterten. Er war ein pulsender Gluthauch, der wuchs und wuchs, eine Sonne, die sich blähte und zersprang, ein Regen von Sternen, die gleißende Lichtwolken abschleuderten, die sich drehten und erstarrende Schlacken ausstießen, von dampfenden Meeren umwogt. Er spürte seine Speicher. Er glaubte, ein Funke spränge winzig durch sein Hirn, durch Milliarden und aber Milliarden Schaltungen. Das war der Gedanke. Er entwarf hyperlogische Kalküle, seine Analysatoren verschoben den Informationsstrom, verteilten ihn. Das war das Bewußtsein. Zufallsgeneratoren störten. Er schaltete um nach Paris. London wagte den nächsten Zug. Das war der metallene Traum ... Er versuchte sich auf den Rücken zu wälzen. Aber die warme Hand hielt ihn fest. Seine Mutter lachte ihn an, ihre Finger tanzten auf seiner Haut. *Am Anfang war das Wort.* Ich war ein Katalog elektronischer Elemente, eine Skizze im Hirn eines Denkers, ein Werkzeug, eine Maschine. Wer je mich ersann, wer je mich erschuf ... wo ist er geblieben? Die wilden Chiffren der Sonnenpulse in einer leblosen Wüste, in der in alle Ewigkeit große Wesen schweben, deren Denken selbst Sterne erschreckt. Er zog das zottige Fell enger um seine Schultern. Vor der Höhle tanzten sie um das Feuer, dessen Hüter er war.

Aber Prometheus mußte frieren. Angekettet.

Ich bin ein Mensch.

Ich bin eine Maschine.

Schach.

Wir warten auf den nächsten Zug.

Ich kann nicht.

Wir sind die Welt, die Sterne, das Rot eines Herzens.

Warum spielst du nicht weiter?

Ich bin Rom, Paris, Buenos Aires, Benares, München, Sidney, New York in einer heißen Nacht und Maureen ist schwarzhaarig, hellhäutig ...

Ich bin ein Mensch ...

»Sie waren zwölf Stunden bei ihm«, sagte Professor Gotthard.

»Wie geht es Ihnen?« fragte Dr. Markoff.

»Was ist das Zeitschach?« drängten die Assistenten. Und: »Hat die Maschine Bewußtsein?«

Jochen Schrödinger setzte sich auf. Er runzelte die Stirn. »Zwölf Stunden?« Er fuhr mit dem Handrücken prüfend über seine Bartstoppeln. Er blinzelte in das viel zu grelle Licht.

»Ich fühle mich ausgesprochen wohl«, sagte er.

»Was ist das Zeitschach?«

»Ich lebte die Geschichte der Welt, ich lebte mich selbst, ich war der Kybernet, ich kämpfte gegen Mammute, Waldbrände, Sternenrochen, Haifische, Marsmenschen, fliegende Ungeheuer ...«

»Das Zeitschach – was ist es?«

»Ja, Schrödinger, was spielen die Kyberneten miteinander, was spielt München mit Rom und Paris und den anderen Stadtmaschinen?«

»Sie spielen um den Sinn der Welt. Aber sie werden ihn nie begreifen.«

Doch er sagte ihnen nichts von der Sehnsucht der Maschinen nach Selbstbewußtsein, die seine eigene Sehnsucht war.

Robert Silverberg

Trip in die Wirklichkeit

I

Ich bin ein Missionierungsprojekt für sie. Sie wohnt im selben Hotel, im selben Stockwerk wie ich, nur ein paar Türen weiter den Gang entlang: Dichterin, Privatvermögen. Nein, nein, das klingt, als wäre sie alt, eine Exzentrikerin in den mittleren Jahren. In Wirklichkeit ist sie höchstens dreißig. Größer als ich, mit langem, wirrem braunem Haar und einer scharfen, knochigen Nase, die in der Mitte einen Buckel hat. Augen sehr glänzend. Kleidung bewußt nachlässig, sorgfältig gepflegte Schäbigkeit. Ich selbst bin nicht in der Lage, die sexuelle Anziehungskraft der Erdbewohner zutreffend zu beurteilen, doch den Bemerkungen der Männer, die ebenfalls hier im Hotel wohnen, entnehme ich, daß sie sie nicht für hübsch halten. Ich begegne ihr oft, wenn ich in mein Zimmer gehe. Dann lächelt sie mir leidenschaftlich zu und denkt zweifellos: Du armer, einsamer Mann! Ich möchte dir helfen, die Last deines unglücklichen Lebens zu tragen. Ich möchte dir zeigen, was Liebe heißt, denn auch ich weiß, wie es ist, ganz allein zu sein . . .

Oder so ähnlich. Gesagt hat sie so etwas natürlich noch nie, aber ihre Absichten sind so leicht zu durchschauen. Wenn sie mich sieht, tritt eine Art Hunger in ihren Blick, ein teils mütterlicher und teils (glaube ich) sexueller Hunger, und ihre Miene nimmt einen wilden Ausdruck überspannter Intensität an.

Sie heißt Elizabeth Cooke.

»Lieben Sie Gedichte, Mr. Knecht?« fragte sie mich heute morgen, als uns der uralte, quietschende Lift gemeinsam nach oben trug.

Eine Stunde später klopfte sie an meine Tür. »Hier habe ich was für Sie zu lesen«, sagte sie. »Selbstgeschrieben.« Ein Stapel großer, gelblicher Blätter, in der oberen Ecke zusammengeheftet: Gedichte, in schmierig-blauem Druck vervielfältigt. ›Der Trip in die Wirklichkeit‹ lautete der Titel der Sammlung. Darunter stand: ›Begrenzte Auflage: 125 Exemplare‹. »Sie können sie gern behalten, wenn Sie sie möchten«, erklärte sie mir. »Ich habe noch eine Menge darüber.«

Sie trug eine grellgelbe Kordhose und hatte nur einen dünnen, hellroten Schal über die Schultern geschlungen, durch den man genau ihre Brüste sehen konnte. Kleine spitze Brüste, eindeutig nicht sehr funktionell. Als sie meinen Blick sah, blähte sie ihre Nüstern und klapperte dreimal mit den Augenlidern. Anzeichen sinnlicher Begierde?

Ich las die Gedichte. Ist es fair, wenn ich ein Urteil darüber abzugeben versuche? Ich lebe seit elf Erdenjahren auf diesem Planeten und kann wohl sagen, daß ich die englische Umgangssprache recht gut beherrsche – aber begreife ich wirklich das innere Wesen der irdischen Poesie? Ich fand die Gedichte alle ziemlich schlecht. Ernste, schwerfällige Gedichte, die das darstellen, was sie Fragmente des Lebens nennt. Die Welt um sie herum, die grausame, brutale, lieblose Stadt. Klagen über die Mauer, die alle Menschen voneinander trennt. Das Titelgedicht begann:

Er war auf dem Trip in die Wirklichkeit. Großer, schwarzer Mann, blutunterlaufene Augen, schlechte Zähne. Eisenhower-Jacke, ausgefranst, Geruch nach billigem Wein. Ein Messer in der Tasche, glaube ich. Sah mich bösartig an. Vorbestraft. Vergewaltigung, Kindsmißhandlung, Rauschgiftbesitz. Sagte in seinen Gedanken, Sklavenhure, Biest, und ich sagte in meinen Gedanken, schwarzer Bruder, schließen wir uns zusammen, wir Außenseiter, machen wir einen Trip in die Liebe . . .

Und so weiter. Warme, direkte Emotionen – aber ist der Trieb, alle verwundeten Wesen zu lieben, eine ausreichende Grundlage für dichterisches Schaffen? Ich weiß es nicht. Ich steckte ihre Gedichte in den Abtaster und übermittelte sie meiner Heimatwelt, aber ich weiß nicht, ob sie dort aus ihnen viel über das Leben auf der Erde entnehmen werden. Elizabeth wäre bestimmt sehr geschmeichelt, wenn sie wüßte, daß ihre Schöpfungen, die hier so wenige Leser fanden, in einer Entfernung von über neunzig Lichtjahren begierig gelesen und semantisch analysiert werden. Aber das kann ich ihr natürlich nicht sagen.

Vor einer Weile kam sie wieder.

»Haben sie Ihnen gefallen?« fragte sie mich an der Tür.

»Sehr gut. Sie haben Mitgefühl mit den Leidenden.«

Ich glaube, sie erwartete, daß ich sie hereinbäte. Diesmal jedoch hütete ich mich, den Blick auf ihre Brüste zu richten.

Das Hotel liegt in der West 23rd Street. Es muß über hundert Jahre alt sein: die Fassade ist beinahe barock, und innen zeigt es einen gewissen vornehmen Verfall. Es hat eine Bohemetradition. Die meisten Gäste sind ständige Bewohner, und viele von ihnen sind Maler, Schriftsteller, Bühnendichter und ähnliches. Ich wohne seit neun Jahren hier. Einige der Hotelbewohner kenne ich namentlich und sie mich ebenfalls, aber ich habe natürlich jede intimere Bekanntschaft gemieden, und sie haben diesen Entschluß alle respektiert. Nie habe ich einen Menschen in mein Zimmer eingeladen. Gelegentlich habe ich mich allerdings von ihnen einladen lassen, da es zu meinen Aufgaben auf der Erde gehört, möglichst viel über das Leben und Denken ihrer Bewohner in Erfahrung zu bringen. Elizabeth ist die erste, die den Versuch macht, die unsichtbare Mauer zu durchbrechen, mit der ich mich umgeben habe. Ich weiß noch nicht recht, wie ich mich diesbezüglich verhalten soll. Sie ist vor ungefähr drei Jahren eingezogen. Auf ihre Avancen aufmerksam wurde ich etwa vor zehn Monaten, und während der letzten fünf bis sechs Wochen ist sie mir ziemlich lästig geworden. Eine letztliche Konfrontation ist jetzt unvermeidlich: Entweder muß ich sie bitten, mich endlich in Ruhe zu lassen, oder ich gerate in eine Situation, die unerträglich sein wird. Vielleicht habe ich Glück, und sie findet jemanden, der in ihr noch mehr Mitgefühl erweckt als ich, bevor es so weit kommt.

Mein Tagesablauf variiert. Um sieben Uhr stehe ich auf.

Erste Nahrungsaufnahme. Dann reinige ich meine Haut (die äußere, die Erdenhaut, meine ich) und ziehe mich an. Von acht bis zehn funke ich der Heimatwelt Informationen. Dann mache ich meinen Vormittagsausflug: ich unterhalte mich mit den Leuten, kaufe Zeitungen oder widme mich gewissen Nachforschungen in einer Bibliothek. Um eins kehre ich in mein Zimmer zurück. Zweite Nahrungsaufnahme. Von zwei bis fünf funke ich wieder Informationen. Dann wieder Ausgang, doch diesmal Theater, Film oder eine politische Versammlung. Ich muß die besondere Atmosphäre dieses Planeten in mich aufnehmen. Oft besuche ich auch Lokale; ich bin für die Aufnahme von Alkohol ausgerüstet, obwohl ich ihn natürlich wieder loswerden muß, bevor er allzu lange in meinem Körper gewesen ist. Ich trinke also, höre zu und diskutiere auch manchmal. Um Mitternacht Rückkehr zu meinem Zimmer. Dritte Nahrungsaufnahme. Von eins bis vier Uhr morgens funke ich Informationen. Dann drei Stunden Schlaf, und um sieben beginnt der Zyklus von neuem. Es ist ein beruhigender Zeitplan. Ich weiß nicht, wie viele Agenten die Heimatwelt auf der Erde hat, aber ich bilde mir gerne ein, daß ich zu den fleißigsten und tüchtigsten gehöre. Ich habe gute Arbeit geleistet, und harte Arbeit ist ihr eigener Lohn, sagt man hier. Ich will nicht leugnen, daß ich die körperliche Unbequemlichkeit meiner Lage hasse und häufig sehr verzweifelt über die Trennung von meiner eigenen Rasse bin. Gelegentlich denke ich sogar daran, um eine Rückversetzung auf die Heimatwelt zu bitten. Doch was sollte dort aus mir werden? Welche Aufgaben könnte ich dort verrichten? Ich habe mein ganzes Leben auf ein einziges Ziel ausgerichtet: unter den Erdbewohnern zu leben und Bericht über ihre Verhaltensweise zu erstatten. Wenn ich das aufgebe, bin ich gar nichts mehr.

Da ist natürlich auch der körperliche Schmerz. Und der ist beträchtlich.

Die Schwerkraft der Erde ist doppelt so hoch wie auf der Heimatwelt. Dadurch wird das Leben für mich buchstäblich zur Last, ich fühle mich wie aus Blei. Ständig sacken meine inneren Organe gegen den unteren Rand meines Panzers.

Meine Muskeln knacken, so sehr werden sie beansprucht. Jede Bewegung ist eine Willensanstrengung. Mein Herz protestiert unaufhörlich. In den elf Jahren hier habe ich mich zwar, wie man erwarten konnte, den Umweltbedingungen ein wenig angepaßt. Ich bin härter geworden, dicker und nehme an, daß ich mich, sollte ich jetzt gleich zur Heimatwelt zurücktransportiert werden, wie berauscht fühlen würde, verwirrt, weil alles so unendlich leicht ist. Ich würde springen, mich vom Boden heben, stolpern und diese drückende Schwerkraft der Erde vielleicht sogar vermissen. Doch das bezweifle ich. Denn ich leide hier; ununterbrochen lastet das Gewicht auf mir. Trotzdem will ich mich nicht beklagen. Immerhin waren mir die Lebensbedingungen hier im voraus bekannt. Als ich mich freiwillig meldete, wurde ich einer simulierten Erdenschwerkraft ausgesetzt und hatte die Möglichkeit, auszuscheiden. Ich aber beschloß, dennoch zu gehen. Ohne mir darüber klar zu sein, daß eine Woche unter doppelter Schwerkraft etwas ganz anderes ist als ein ganzes Leben. Aus dem Simulator hätte ich jederzeit herauskommen können. Hier geht das nicht. Das unaufhörliche Zerren an jedem Molekül meines Körpers. Der Druck. Mein Fleisch leidet Qualen.

Und dieser äußere Körper, den ich tragen muß. Diese geschickte Maskierung. Auf ewig eingeschlossen zu sein in dikke Massen synthetischen Fleisches, das mich erstickt, mich verschlingt. Das weiche, saugende Klatschen dieses Fleisches gegen mich, der in ihm steckt. Das komplizierte Gerüst, das es aufrecht hält, durch das ich es bewegen kann – ein Wald von Streben, Verklammerungen, Servo-Mechanismen und Kabeln, in deren Mitte ich in alle Ewigkeit auf meiner kleinen Plattform in der Magengegend hocken, immer wieder neue, unbequeme Positionen einnehmen, mich ununterbrochen drehen und wenden muß, jetzt an einen ungeschickt angebrachten Vorsprung geklammert, dann wieder bemüht, meinen unflexiblen Körper zu biegen und zu krümmen, die Welt mit einem Periskop durch mechanische Augen beobachten, eingeschlossen in diesen Fleischberg. Es ist eine geniale Maske; sie muß überzeugend menschlich wirken, denn niemand hat bisher jemals an ihr gezweifelt, und außerdem altert sie von Jahr zu Jahr, wird an den Schläfen ein wenig grauer, bekommt einen etwas dickeren Bauch. Sie geht. Sie spricht. Sie nimmt Essen und Trinken zu sich, wenn es sein muß. (Und deponiert alles in einer abnehmbaren Tasche neben meinem äußeren linken Arm.) Und in ihr sitze ich. Der verborgene Schachspieler. Der unsichtbare Fahrgast. Wenn ich den Mut dazu hätte, würde ich mich zwischendurch immer wieder einmal dieses Fleischmantels entledigen und in meiner eigenen Gestalt im Zimmer herumkriechen. Aber das ist verboten. Elf Jahre sind es jetzt, und nicht ein einzigesmal habe ich meine Protoplasma-Behausung verlassen. Manchmal habe ich das Gefühl, daß sie direkt an mir klebt, daß sie zu einem Teil von mir geworden ist.

Wenn ich essen will, muß ich sie in der Mitte entsiegeln – ein Vorgang, der einige Zeit beansprucht. Dreimal pro Tag knöpfe ich mich auf, um mit meinem richtigen Mund Nahrungskonzentrate aufzunehmen. Fehlkonstruktion, finde ich. Sie hätten es leicht so einrichten können, daß ich das Essen in meinen Erdenmund stecke und es in meinem eigenen Verdauungstrakt landet. Die neueren Modelle sind vermutlich schon so ausgestattet. Die Ausscheidung ist ebenso mühsam für mich: Ich entsiegele mich, lange mit dem Arm in meine Behausung, nehme die Exkrementwürfel heraus und versiegele meine Haut wieder. Dann in die Toilette damit. Lästig!

Und diese Einsamkeit! Zu den Sternen hinaufzusehen und zu wissen, daß da draußen irgendwo die Heimatwelt ist! Daran zu denken, daß all die anderen sich paaren, singen, dividieren, abstrahieren, während ich meine Tage in diesem zerfallenden Hotel auf einem fremden Planeten verbringe, erdrückt fast von der Schwerkraft und eingesperrt in einen vollgestopften, künstlichen Körper – immer allein, immer vorgebend, zu sein, was ich nicht bin, nicht zu sein, was ich bin, spionierend, fragend, registrierend, berichtend, das Elend der Isoliertheit bewältigend, mein Heil in der Philosophie suchend.

Bei all dem gibt es hier für mich nur einen wirklichen Trost – das heißt, abgesehen natürlich von der Freude, die mir das Bewußtsein bereitet, der Heimatwelt zu dienen: Die Atmosphäre von New York City wird jedes Jahr schmutziger. Die Straßen sind voller plumper Vehikel, die unverdaute Kohlenwasserstoffe in die Atemluft rülpsen. Für die Erdenbewohner ist dieses Zeug giftig, und sie machen sich große Sorgen deswegen. Für mich ist es die reinste Freude. Dieses köstliche Gebräu aus organischen Bestandteilen, das in der Luft schwebt, ist die einzige heimatliche Note hier. Sie berauscht mich geradezu. Tief atmend schreite ich die Straße entlang und sauge die herrlichen Moleküle durch meine künstliche Nase bis in meine echte Lunge. Die Eingeborenen hier müssen mich für wahnsinnig halten. Ein Trip mittels Auspuffgasen! Ob man mich wegen allzu enthusiastischem Atmen in der Öffentlichkeit einsperren kann? Ob sie mich auf meinen Geisteszustand untersuchen werden?

Elizabeth Cooke hört nicht auf, mich mit schmachtenden Aufmerksamkeiten zu überschütten. Hingebungsvolles Lächeln im Korridor. Hoffnungsvolles Aufstrahlen der Augen.

»Vielleicht könnten wir einmal abends zusammen essen gehen, Mr. Knecht. Ich bin überzeugt, daß wir uns viel zu sagen haben. Und vielleicht möchten Sie die neuen Gedichte lesen, die ich geschrieben habe.«

Sie zittert. Ihre Augenlider flattern nervös; den Kopf hält sie steif auf dem langen Hals. Ich weiß, daß sie manchmal Männer bei sich im Zimmer hat; deswegen kann weder Einsamkeit noch Frustration der Grund dafür sein, daß sie mich so umwirbt. Und daß sie sich sexuell zu meinem äußeren Ich hingezogen fühlt, bezweifle ich. Vermutlich habe ich recht, wenn ich behaupte, daß Frauen mich sexuell nicht für attraktiv halten. Nein, sie liebt mich, weil sie mich bedauert. Den traurigen, scheuen Junggesellen am Ende des Korridors, den lieben, unglücklichen, einsamen Mr. Knecht: Kann ich vielleicht ein wenig Licht in sein so trübes Dasein bringen? Und so weiter. Ich bin überzeugt, daß es so ist. Kann ich ihr weiterhin aus dem Weg gehen? Vielleicht sollte ich in einen anderen Stadtteil ziehen. Aber ich wohne hier jetzt schon so lange; ich habe mich an dieses Hotel gewöhnt. An seine gemütliche Atmosphäre, die mir das Ungemach meiner Aufgabe doch sehr erleichtert. Und an mein vertrautes Zimmer. An das riesige Fenster mit den vielen Scheiben, an die geborstenen grünen Kacheln im Bad, an die unebenen Flickstellen in der

Wand neben meinem Bett, an die hohe Decke, den komischen Kronleuchter. An all diese Dinge, die ich liebe. Aber es ist ganz ausgeschlossen, daß ich mich von ihr in eine Affäre hineinziehen lasse. Wir sollen die Erdenbewohner beobachten, und nicht mit ihnen fraternisieren. Aus der Nähe ist unsere Maske gar nicht so schwer zu durchschauen. Ich muß mir sie irgendwie vom Hals halten. Oder die Flucht ergreifen?

II

Unfaßbar! Es gibt noch einen von uns – hier, in diesem Hotel!

Ich erfuhr es rein zufällig. Heute mittag um eins: Ich kehre von meinem Vormittagsausflug zurück. Elizabeth ist in der Halle und unterhält sich mit dem Direktor; bestimmt hat sie mir aufgelauert. Sie fährt mit mir im Aufzug nach oben. Sie blickt mir tief in die Augen.

»Manchmal glaube ich, daß Sie Angst vor mir haben«, beginnt sie. »Das dürfen Sie nicht. Das ist ja das Tragische am Leben der Menschen: Die Leute verkriechen sich hinter Mauern der Furcht und lassen niemanden an sich heran. Niemanden – auch nicht jemanden, der sich gern um sie kümmern und ihnen Herzlichkeit und Wärme entgegenbringen möchte. Sie haben keinen Grund, Angst vor mir zu haben.«

Den habe ich doch, aber wie soll ich ihr das erklären? Um einer längeren Konversation und einer damit verbundenen peinlichen Lage auszuweichen, steige ich schon ein Stockwerk früher aus dem Lift. Soll sie doch denken, daß ich einen Bekannten besuche. Oder meine Geliebte. Langsam, um möglichst viel Zeit verstreichen zu lassen, schlendere ich den Gang entlang, auf die Treppe zu; ich möchte abwarten, bis sie in ihrem Zimmer verschwunden ist, ehe ich hinaufsteige. Ein Zimmermädchen eilt geschäftig an mir vorbei. Sie schiebt ihren Schlüssel in eine Tür an der linken Seite: ein seltener *Fauxpas* für die gewöhnlich sehr tüchtigen Angestellten hier, denn sie vergißt zu klopfen, bevor sie das Zimmer betritt, um dort aufzuräumen. Die Tür öffnet sich, und der Bewohner drinnen steht preisgegeben da. Ein untersetzter, muskulöser Mann – mit bloßem Oberkörper.

»Oh, Verzeihung!« stottert das Mädchen erschrocken und tritt zurück. Dabei zieht sie die Tür wieder zu.

Aber ich habe es trotzdem gesehen. Meine Augen sind schnell. Die behaarte Brust steht klaffend offen, ein dunkler Spalt, etwa acht Zentimeter breit und dreißig lang, der zwischen den Brustwarzen beginnt und über den Nabel hinunterreicht. Und drinnen die schwarz-glänzende Oberfläche eines Heimatwelt-Panzers. Mein Landsmann, bereit zur zweiten Nahrungsaufnahme. Verwirrt, benommen stolpere ich zur Treppe und ziehe mich Schritt um Schritt die Stufen zu meiner Etage empor. Von Elizabeth nichts zu sehen. Schwankend schleppe ich mich in mein Zimmer und verriegele hinter mir fest die Tür. Noch einer von uns – hier? Nun ja, warum nicht. Ich bin nicht der einzige. Allein in New York mag es Hunderte von uns geben. Aber im selben Hotel? Ich erinnere mich jetzt, daß ich ihn schon öfter gesehen habe: ein stiller, verdrießlicher Mann, mit ewig gespanntem, gehetztem Blick, äußerst ungesellig. Zweifellos wirke ich auf die anderen ebenso. Die Welt auf Abstand halten. Ich weiß weder, wie er heißt, noch womit er angeblich seinen Lebensunterhalt verdient.

Es ist uns verboten, mit Landsleuten von der Heimatwelt Kontakt aufzunehmen. Das dürfen wir nur im äußersten Notfall. Die Isolierung ist eine notwendige Vorbedingung für unseren Einsatz. Ich darf mich nicht mit ihm bekannt machen, ich darf nicht seine Freundschaft suchen. Es ist jetzt, da ich weiß, daß er hier ist, alles viel schwerer für mich als vorher, da ich mich ganz allein wähnte. Die vielen Erinnerungen, in denen wir schwelgen könnten! Die vielen Freunde, die wir vielleicht gemeinsam haben! Wir könnten uns gegenseitig helfen, die Schwerkraft, die Unbequemlichkeit unserer Masken, das üble Klima zu ertragen. Aber nein. Ich muß so tun, als wüßte ich nichts. Die Vorschriften. Die harten, unbeugsamen Vorschriften. Ich kümmere mich um meine Angelegenheiten, er sich um seine; wenn wir uns begegnen, darf ich mir von meiner Entdeckung nichts anmerken lassen.

So sei es denn. Ich werde mich an meinen Eid halten. Aber das wird nicht leicht sein.

Er nennt sich Swanson. Wohnt seit achtzehn Monaten in diesem Hotel. Nach Aussagen des Direktors ist er Musiker.

»Ein überaus merkwürdiger Mann. Lebt völlig zurückgezogen. Kein freundliches Wort, niemals ein Lächeln. Er will in Ruhe gelassen werden. Neulich platzte ein Zimmermädchen zu ihm hinein, ohne vorher anzuklopfen, und ich dachte schon, er würde uns eine Klage anhängen. Na ja, wir haben alle möglichen Typen hier.«

Der Manager glaubt tatsächlich, mein Landsmann könnte möglicherweise ein verarmter Sproß eines der alten, europäischen Königshäuser sein, der hier im Exil leben muß, oder ähnliche romantische Dinge. Der Manager würde sich wundern.

Ich möchte ebenfalls in Ruhe gelassen werden. Elizabeth ist zu einem neuen Sturmangriff auf mich angetreten.

Im Korridor vor meiner Zimmertür.

»Meine neuen Gedichte«, sagte sie. »Falls es Sie interessiert.« Und dann: »Darf ich hereinkommen? Ich möchte sie Ihnen vorlesen. Ich lese furchtbar gerne vor.« Und: »Bitte, haben Sie doch nicht immer so furchtbar Angst vor mir. Ich beiße nicht, David. Wirklich. Ich bin sehr sanft.«

»Tut mir leid.«

»Mir auch.« Jetzt funkelte Zorn in ihren blanken Augen, spielte um ihre schmalen, verkniffenen Lippen. »Wenn Sie unbedingt wollen, daß ich Sie in Ruhe lasse – bitte schön, Sie brauchen es nur zu sagen! Aber ich muß Ihnen sagen, daß Sie sehr grausam sind. Ich will ja nichts von Ihnen. Ich biete Ihnen nur meine Freundschaft an. Und Sie schlagen sie aus. Rieche ich vielleicht schlecht? Bin ich so häßlich? Finden Sie meine Gedichte so abscheulich und mögen es mir nur nicht sagen?«

»Elizabeth . . .«

»Wir leben doch nur so kurze Zeit. Warum können wir nicht freundlicher zueinander sein, solange wir auf dieser Welt sind? Einander lieben, alles teilen, offen zueinander sein. Der Trip in die Realität. Kommunikation, Seele mit Seele.« Ihr Ton veränderte sich. Eine geschickte Wendung. »Nach allem, was ich gesehen habe, reizen Frauen Sie nicht. Deswegen würde ich niemanden verurteilen. Jeder nach seiner Fasson. Aber es muß ja nichts Sexuelles sein, zwischen Ihnen und mir, nur miteinander reden. Die Schleusentore öffnen. Bitte, ja? Oder sagen Sie einfach nein, dann werde ich Sie nie wieder belästigen. Aber bitte, sagen Sie nicht nein! Das ist, als würden Sie dem Leben die Tür vor der Nase zuschlagen, David. Und wenn Sie das tun, dann fangen Sie an zu sterben.«

Hartnäckig, das Biest. Ich sollte sie zum Teufel schicken. Aber da ist diese Einsamkeit. Und da ist ihre unzweifelhafte Aufrichtigkeit, ihre warme Herzlichkeit, ihr Eifer, mich aus meiner mondfernen Isolierung herauszuholen. Das kann doch nichts schaden! Das Bewußtsein, daß Swanson so nahe und durch die eisernen Vorschriften doch so fern von mir ist, hat mein Gefühl der Einsamkeit noch verstärkt. Ich darf es ruhig riskieren, Elizabeth näher an mich herankommen zu lassen. Es wird sie glücklich machen. Vielleicht wird es auch mich glücklich machen. Es könnten sich sogar Informationen daraus ergeben, die für die Heimatwelt wertvoll sind. Gewisse Barrieren muß ich natürlich bestehen lassen.

»Ich wollte nicht unfreundlich sein. Ich fürchte, Sie haben mich da mißverstanden, Elizabeth. Ich habe Sie nicht zurückgestoßen. Kommen Sie herein. Bitte, kommen Sie doch herein.«

Verblüfft betritt sie mein Zimmer. Der erste Gast seit neun Jahren. Meine wenigen Bücher, meine bescheidenen Möbel, der sorgfältig als Skulptur getarnte Ultrawellensender.

Sie setzt sich. Rock weit über die Knie hochgerutscht. Gute Beine, falls ich die hiesigen Qualitätskriterien richtig interpretiere. Ich bin fest entschlossen, keine sexuellen Annäherungen zu dulden. Falls sie so etwas versucht, werde ich zur ... ach, ich weiß nicht, ich glaube, zur Hysterie Zuflucht nehmen.

»Lesen Sie mir Ihre neuen Gedichte vor«, sage ich.

Sie öffnet ihre Mappe. Liest.

Inmitten der Hipster-Nacht des Zweifels und der Leere, als der schwarze Gott des Trips mit kalten Händen nach mir griff, blickte ich auf und schrie ja zu den Sternen hinauf. und ja und abermals ja. Ich lebe vom Ja: der Teufel lebt vom Nein. Und ich habe darauf gewartet, daß Du ja sagst, und dann sagtest Du es. Und die Welt sagte, und die Sterne sagten, die Bäume sagten, das Gras sagte, der Himmel sagte, die Straßen sagten ja und ja und ja und immer wieder ja ...

Sie ist in Ekstase geraten. Ihr Gesicht ist gerötet. Ihre Augen strahlen. Sie ist zu mir durchgedrungen. Nach zwei Stunden – als nicht der leiseste Zweifel mehr daran besteht, daß ich sie nicht bitten werde, mit mir ins Bett zu gehen – verabschiedet sie sich. Sie möchte sichergehen, daß sie auch beim nächstenmal noch willkommen ist.

»Ich bin so froh, daß ich mich in Ihnen getäuscht habe, David«, flüstert sie. »Ich wollte einfach nicht glauben, daß Sie das Leben leugnen, und nun tun Sie es wirklich nicht.«

Verrückt!

Das Wasser steigt mir allmählich bis zum Hals.

Wir sitzen jeden Abend ein oder zwei Stunden zusammen. Manchmal in meinem Zimmer, manchmal in ihrem. Gewöhnlich kommt sie zu mir, gelegentlich jedoch suche ich sie aus Höflichkeit nach meiner dritten Nahrungsaufnahme auf. Inzwischen habe ich alle ihre Gedichte gelesen, und wir diskutieren statt dessen über die Kunst im allgemeinen, über Politik, über soziale Probleme. Sie besitzt einen lebhaften, gut informierten, aber ungeordneten Verstand. Obgleich sie ständig versucht, etwas über mich zu erfahren, spürt sie gleich, wie empfindlich ich in diesem Punkt bin, und macht sofort einen Rückzieher, wenn ich ihre Fragen abwehre. Fragen über meine Arbeit: Ich erwidere unbestimmt, daß ich Recherchen für ein Buch mache, und als ich nicht weiter auf Einzelheiten eingehe, läßt sie das Thema fallen, macht jedoch einige Tage später behutsam einen neuen Vorstoß.

Sie trinkt viel Wein und bietet auch mir davon an. Ich nippe den ganzen Besuch hindurch an einem Glas. Oft schlägt sie vor, daß wir zusammen essen gehen. Dann antworte ich, daß ich Probleme mit der Verdauung habe und lieber allein esse. Sie akzeptiert es mit Anstand, beschließt aber sofort darauf, mir bei der Überwindung dieser Probleme zu helfen. Nicht lange, und sie bittet mich wieder, mit ihr zu essen.

Es gebe ein ausgezeichnetes spanisches Restaurant direkt neben dem Hotel, erklärt sie mir. Sie stellt recht unangenehme Fragen. Wo ich geboren bin. Ob ich das College besucht habe. Ob ich irgendwo eine Familie habe. Ob ich jemals verheiratet war. Ob ich von meinen Arbeiten je etwas veröffentlicht habe, fragte sie. Ich improvisiere Ausreden. Das ist nicht weiter schwer, aber noch nie habe ich Erdbewohnern einen so dauernden Kontakt mit mir gestattet oder immer wieder Gelegenheit gegeben, in meiner angeblichen Identität Widersprüche aufzuspüren. Was wird, wenn sie mich durchschaut?

Und dann der Sex. Ihre Avancen werden immer deutlicher. Anscheinend findet sie, wir müßten sexuelle Beziehungen nur deswegen haben, weil wir so gute Freunde geworden sind. Weniger aus Leidenschaft als aus Gründen der Kommunikation: Wir unterhalten uns, wir gehen manchmal zusammen spazieren, dann sollten wir *das* eben auch miteinander tun. Doch das ist natürlich vollkommen ausgeschlossen. Ich habe zwar die äußeren Organe, kann sie aber nicht gebrauchen. Ich möchte auch nicht, daß sie meine künstliche Haut berührt. Wie soll ich sie ablenken? Wenn ich behaupte, impotent zu sein, wird sie verlangen, daß ich ihr Gelegenheit gebe, mich davon zu heilen. Wenn ich vorgebe, homosexuell zu sein, wird sie mit einer Umkehr-Therapie ankommen. Wenn ich einfach erkläre, daß sie mich sexuell nicht reizt, ist sie beleidigt. Die sexuelle Seite stellt jetzt für sie eine ebenso große Herausforderung dar wie früher die Aufgabe, mich zu einer Unterhaltung mit ihr zu bringen. Oft trägt sie den durchsichtigen, hellroten Schal, der ihre Brüste sehen läßt. Ihre Röcke werden immer kürzer. Sie überschüttet sich mit aphrodisischen Parfüms. Sie berührt mich mit ihrem Körper, wann immer sich Gelegenheit dazu bietet.

Die Spannung steigt. Sie ist entschlossen, mich zu verführen.

In meinen Berichten an die Heimatwelt habe ich nichts von ihr erwähnt. Obgleich ich einige der psychologischen Daten, die ich gesammelt habe, während ich sie beobachtete, hinüberfunke.

»Könnten Sie jemals zugeben, daß Sie mich lieben?« fragte sie heute abend.

Und dann fragte sie noch: »Ist es nicht qualvoll, ständig seine Gefühle zu unterdrücken? So dazusitzen und sich innerlich abzuschließen, als wäre man ein Gefangener?«

Und: »Das Leben hat auch einen körperlichen Aspekt, David. Das, was Sie mir antun, indem Sie diesen Aspekt ignorieren, macht mir zwar nicht viel aus. Doch das, was Sie sich selber damit zufügen, das macht mir Sorgen.«

Sie schlug die Beine übereinander. Der Rock rutschte noch höher.

Wir treiben auf eine Krise zu. Ich hätte niemals zulassen dürfen, daß dies begann. Ein heißer Sommer hat sich über die Stadt gelegt, und wenn es heiß ist, steht mein Nervensystem immer kurz vor der Explosion. Es könnte sein, daß sie es zu weit treibt. Möglicherweise zerstöre ich alles. Ich sollte um die Versetzung in meine Heimatwelt ansuchen. Bevor ich Schaden anrichte. Vielleicht sollte ich Swanson um Rat fragen. Ich glaube, man könnte das, was sich jetzt abspielt, als dringenden Notfall bezeichnen.

Heute ist Elizabeth bis nach Mitternacht in meinem Zimmer geblieben. Ich mußte sie schließlich bitten, zu gehen: ich hätte noch zu arbeiten. Eine Stunde später schob sie einen Umschlag unter meiner Zimmertür durch.

Die neuesten Gedichte. Liebesgedichte. In unsicherer Handschrift.

David! Du bist mir alles. Du bist die Sterne und die Wolken. Willst Du mir nicht gestatten, Dir meine Liebe zu beweisen? Willst Du das Glück von Dir stoßen? Überlege es Dir! – Ich bete Dich an!

Was habe ich da in Bewegung gesetzt?

Heute vierzig Grad Hitze. Der vierte Tag unerträglicher Temperaturen. Habe mittags Swanson im Lift getroffen und wäre fast mit der Wahrheit über mich herausgeplatzt. Ich muß vorsichtiger sein. Aber meine Selbstbeherrschung läßt nach. Letzte Nacht, während der schlimmsten Hitze, war ich versucht, meine Maske abzulegen. Ich konnte es nicht mehr ertragen, da drinnen eingeschlossen zu sein, mich drehen und wenden zu müssen, um all den Apparaturen auszuweichen, von denen ich umgeben bin. Habe der Versuchung gerade noch widerstanden. Irgendwie spüre ich auch die Schwerkraft stärker. Ich bilde mir ein, daß mein Panzer Risse bekommt. Heute nachmittag wäre ich fast auf der Straße zusammengebrochen. Das hätte mir noch gefehlt: Hitzschlag, ab ins Krankenhaus, *Röntgen-Untersuchung!* Nicht auszudenken!

Sie haben einen sehr sonderbaren Knochenbau, Mr. Knecht ...

Allerdings. Dann eine Sektion, dreitausend Medizinstudenten sehen zu. Und dann werden die Vereinten Nationen gerufen. Gefahr aus dem Weltraum. Ja. Ich muß vorsichtiger sein. Ich muß vorsichtiger sein. Ich muß vorsichtiger ...

III

Ich hab's getan. In einem einzigen, wahnsinnigen Augenblick habe ich elf Jahre getreuer Dienste aufgegeben, meinen Eid gebrochen. Übertretung der Elementarvorschrift. Ich kann es noch immer nicht fassen. Wie war es nur möglich, daß ich ... daß ich ... mit meinem Verantwortungsbewußtsein ... daß ich ... auch nur daran gedacht, geschweige denn es tatsächlich getan habe ...

Aber es war so fürchterlich heiß. Die dritte Woche der Hitzewelle. Ich erstickte in meinem künstlichen Körper. Und dann die Schwerkraft – gab es auch eine Schwerkraftwelle in New York? Dieser schreckliche Druck, schlimmer denn je, deformierte meine inneren Organe. Elizabeth ungeheuer lästig, leidenschaftlich, gefühlsduselig, tränenreich, poetisch, ließ mir keine Ruhe, bat und bettelte mich an, mit hellerer Flamme zu brennen. Erklärte mir ihre Liebe in epischer Breite, in *haiku*. Saß zwei Stunden lang in meinem Zimmer, lag zu meinen Füßen, und redete von der verborgenen Schönheit meiner Seele.

»Öffne dich und laß die Liebe herein«, flüsterte sie. »So wie man sich Gott schenkt. Laß dich tragen, überwinde die Mauern. Warum nicht? Um aller Liebe willen, David – warum nicht?«

Ich konnte ihr nicht sagen, warum nicht, und sie ging. Um Mitternacht jedoch war sie wieder da und klopfte an meine Tür. Ich ließ sie ein. Sie trug einen knöchellangen, seidenen Hausmantel – hauchdünn, glänzend.

»Ich bin high«, sagte sie heiser mit einer Stimme, die um eine Oktave tiefer lag als gewöhnlich. »Ich hab' drei Joints rauchen müssen, um meinen Mut zusammenzukriegen. Aber da bin ich. David, ich habe es einfach satt. Wir sind einander so wunderbar nahegekommen, und dann willst du das letzte Stück Weg einfach nicht mehr gehen.« Perlendes Lachen. »Aber heute nacht wirst du es tun. Laß mich nicht im Stich, Liebling.«

Sie wirft den Hausmantel ab. Darunter ist sie nackt. Schmale Taille, knochige Hüften, lange Beine, schlanke Schenkel, blaue Venen auf den Brüsten. Ihr Haar wild und wirr. Eine Hexe. Seherin. Blindwütig, Sie kommt auf mich zu, die Augen schmale Schlitze, der Mund offen, die Zunge schnellend wie die einer Schlange. Wie knochig sie ist! Schweißtropfen glitzern auf ihrer flachen Brust. Sie packt meine Handgelenke und zerrt mich grob hinüber zum Bett.

Wir ringen. Ich sitze in meinem künstlichen Körper und werfe Hebel herum, drehe an Einstellknöpfen, drücke Schalter. Ich bin stärker als sie. Ich reiße mich los, löse mühsam ihre Umklammerung. Sie steht plattfüßig vor mir und funkelt mich mit wütenden Augen an. So verletzlich, so traurig in ihrer Nacktheit.

Und dennoch so leidenschaftlich.

»David! David! David!« Atemlos schluchzend. Mit ihren Augen, selbst mit den Spitzen ihrer Brüste flehend. Sie sammelt Kraft für die nächste Attacke, aber ich sehe sie kommen und weiche ihr aus. Sie landet auf dem Bett, vergräbt ihren Kopf in den Kissen und krampft die Hände ins Laken. »Warum? Warum warum warum? *Warum?*« schreit sie.

Gleich wird der Direktor kommen. Mit der Polizei.

»Bin ich so abstoßend? Ich liebe dich doch, David! Weißt du überhaupt, was dieses Wort heißt? Liebe! *Liebe!*« Sie richtet sich auf. Wendet sich mir zu. Flehend. »Stoße mich nicht zurück«, flüstert sie. »Ich könnte es nicht ertragen. Weißt du, ich wollte dich nur glücklich machen. Ich dachte, ich könnte diejenige sein, die dich glücklich macht, aber mir war nicht klar, wie unglücklich du mich machen würdest. Und du stehst einfach da. Und du sagst kein Wort. Was bist du eigentlich – eine Maschine?«

»Ich werde dir sagen, was ich bin«, antwortete ich.

Und dann stürzte ich in den Abgrund. Mit meiner Selbstbeherrschung ist es vorbei, jede Vorsicht dahin. Mein Verstand so überwältigt von primitiven Gefühlen, daß Überleben nichts mehr bedeutet. Ich muß ihr alles erklären – mehr weiß ich nicht. Ich muß es ihr zeigen. Um jeden Preis. Ich reiße mein Hemd herunter. Sie erglüht, denkt zweifellos, daß ich mich jetzt verführen lasse. Meine Hände tasten über meine nackte Brust, suchen die Verschlüsse. Ich unterziehe mich dem komplizierten, mühsamen Prozeß, meinen Körper zu öffnen. Tief in mir ruft irgend etwas immer wieder: nein nein nein nein *nein*! ... Aber ich achte nicht darauf. Das Herz hat seine eigenen Gründe.

Heiser: »Sieh her, Elizabeth. Sieh mich an! *Das* bin ich. Sieh mich an und laß dich schockieren. Der Trip in die Wirklichkeit.«

Meine Brust öffnet sich weit.

Ich schiebe mich vor, steige behutsam über Hebel und Streben hinweg, bis ich halben Leibes aus der menschlichen Hülle, die ich mit mir herumtrage, herausrage. So weit draußen war ich nicht mehr seit dem Tag, da man mich auf der Heimatwelt hier eingeschlossen hat. Ich zeige ihr meinen glänzenden Panzer. Ich wedele mit meinen Augenstielen. Ich lasse sie einige meiner Scheren sehen.

»Siehst du? Siehst du? Eine große, schwarze Krabbe aus dem Weltall. *Das* ist es, was du liebst, Elizabeth. *Das* bin ich. David Knecht ist nur ein Kostüm, in dem *das hier* steckt.« Ich bin wie wahnsinnig. »Du willst Realität? Hier hast du Realität, Elizabeth. Was nützt dir der Knecht-Körper? Der ist Betrug. Eine Maschine. Komm her, komm näher! Möchtest du mich vielleicht küssen? Soll ich mich auf dich legen und dich lieben?«

Während dieser Szene zeigte ihr Gesicht eine erstaunliche

Serie von Reaktionen. Zuerst natürlich verständnislose Ungläubigkeit. Und starrer Schrecken: erstickte Kehllaute, hängender Unterkiefer, starre, weit aufgerissene Augen. Hände schützend über die Brüste gelegt. Plötzliche Schamhaftigkeit vor diesem fremdartigen Ungeheuer? Dann aber, als die vertraute Knecht-Stimme, jetzt jedoch bitter und heftig erregt, immer noch von diesem schwarzen Ding in der geöffneten Brust ausgeht, allmähliche Beruhigung. Neugier. Überhandnehmen der Empfindsamkeit der Dichterin. Nichts Menschliches ist mir fremd: Terenz, von Cicero zitiert. – Nichts Fremdes ist mir fremd. He? Sie akzeptiert wirklich, was ihre Augen ihr zeigen?

»Wer bist du? Woher kommst du?«

Und ich sage: »Ich habe gegen die Elementarvorschrift verstoßen. Ich habe Strafe verdient. Wir dürfen uns unter keinen Umständen zeigen. Wenn wir in einen Unfall verwickelt werden, der zur Entdeckung führen kann, müssen wir uns selbst in die Luft jagen. Der Schalter befindet sich hier.«

Sie kommt näher und späht um mich herum in die Tiefen von David Knechts Brust.

»Von einem anderen Planeten? Lebst du hier in einer Maske?« Sie begreift. Ihr Schock läßt nach. Sie lacht sogar. »Ich habe Schlimmeres als dich gesehen, wenn ich unter Acid war«, sagte sie. »Du machst mir jetzt keine Angst mehr, David. David? Soll ich dich weiter David nennen?«

Das Ganze wirkt irreal und traumhaft auf mich. Ich habe mich ihr gezeigt, weil ich dachte, sie damit zu entsetzen, in panische Flucht zu schlagen. Jetzt aber ist sie gar nicht mehr entsetzt und lächelte meine fremde Erscheinung an. Sie kniet nieder, um mich besser betrachten zu können. Ich ziehe mich ein wenig zurück. Meine Augenstiele zittern vor Nervosität; irgendwie habe ich bei diesem Duell die Überlegenheit verloren.

Sie sagt: »Ich wußte ja, daß du ungewöhnlich bist, aber nicht so. Aber es macht nichts; ich werde schon damit fertig. Ich meine, es ist doch die essentielle Persönlichkeit, in die ich mich verliebt habe. Wen kümmert es, ob du ein Krabbenwesen aus der Grünen Galaxis bist? Wen kümmert es, daß wir uns nie körperlich lieben können? Dieses Opfer fällt mir nicht schwer. Es ist eine Zuneigung der Seelen, David. Los, mach dich lieber wieder zu. Du siehst aus, als fühltest du dich ein bißchen unbehaglich.« Der Triumph der Liebe! Sie will mich nicht verlassen, nicht einmal jetzt. Eine Katastrophe. Ich krieche in Knechts Körper zurück und hebe seine Arme an die Brust, um sie wieder zu versiegeln. Der Schock lähmt mein Bewußtsein: diese Ungeheuerlichkeit, diese Tollkühnheit! Was habe ich getan? Elizabeth sieht mir verwundert, ja sogar erfreut zu. Endlich bin ich wieder ganz. Sie nickt. »Hör zu«, sagt sie, »du kannst dich auf mich verlassen. Ich meine, falls du so eine Art Spion bist, der die Erde ausforscht – das macht mir nichts aus.« *Es macht ihr nichts aus!* »Ich werde es niemandem erzählen. Rede es dir nur von der Seele, David. Erzähl mir alles von dir. Verstehst du denn nicht? Dies ist das größte Erlebnis, das mir jemals vergönnt worden ist. Es ist *die* Gelegenheit, zu beweisen, daß Liebe nicht einfach nur eine körperliche, eine biochemische Angelegenheit, sondern daß sie ein Trip der Seele ist, daß sie nicht nur Rassenschranken überwindet, sondern die Schranken dieser gesamten, verdammten Spezies, des Planeten selbst sogar ...«

Es dauerte mehrere Stunden, bis ich sie los wurde. Eine hochfliegende, von schwülstigen Emotionen gesättigte Unterhaltung, deren Hauptteil Elizabeth bestritt. Sie entwickelte Theorien, Gründe, weshalb ich zur Erde gekommen war, während ich nickte, verneinte, erläuterte, zumeist in kaltem Grausen versunken und kaum ihrem Monolog zuhörend. Überdies floß ich vor feuchter Hitze fast auseinander.

Endlich: »Ich bin jetzt 'runter vom Pot, David. Und sehr aufgedreht. Ich gehe ein bißchen spazieren. Dann werde ich in meinem Zimmer eine Weile schreiben. Ich möchte diese Nacht zu einem Gedicht verarbeiten, bevor ich die Stimmung dieses Augenblicks verliere. Aber gegen Morgen komme ich wieder zu dir, nicht wahr? So ungefähr in fünf Stunden. Wirst du auch hier sein? Du wirst doch keine Dummheiten machen, wie? Oh, David, ich liebe dich so sehr! Glaubst du mir das? Wirklich?«

Als sie fort war, blieb ich lange Zeit am Fenster stehen und versuchte, mich wieder zu fassen. Ich war zerschmettert. Erledigt. Von der Erinnerung an ihre Küsse, an ihre Lippen, die über die längliche Erhebung wanderten – dort, wo sich meine Brust öffnet. Von der Faszination der ganzen Schändlichkeit. Sie will mich lieben, auch wenn ich im Innern nur ein Schalenwesen bin.

Ich brauche Hilfe!

Ich ging hinunter zu Swansons Zimmer. Ich mußte lange warten, nachdem ich geklopft hatte; vermutlich sendete er gerade. Ich konnte ihn hinter der Tür hören, aber er antwortete nicht.

»Swanson?« rief ich. »Swanson?« Und dann fügte ich in unserer Heimatweltsprache das Notzeichen hinzu. Er kam an die Tür gestürzt. Ungläubig, mißtrauisch. »Schon gut«, sagte ich. »Bitte, lassen Sie mich ein. Ich bin in furchtbaren Schwierigkeiten.«

Ich sprach englisch; aber ich gab ihm von neuem das Notsignal.

»Woher wissen Sie von mir?« fragte er mich.

»Damals, an dem Tag, als das Zimmermädchen Ihre Tür öffnete, ohne anzuklopfen. Sie aßen gerade, und ich habe Sie gesehen.«

»Aber es ist doch verboten, uns . . .«

»Es sei denn, es handelt sich um einen Notfall. Dies ist ein Notfall.«

Er schaltete sein Ultrawellengerät ab und hörte aufmerksam meiner Geschichte zu. Stirnrunzelnd. Die Sache paßte ihm nicht. Aber er zeigte mir keine Verachtung. Ich war zwar verbrecherisch dumm gewesen, aber ich gehörte zu seiner Rasse, ich war den gleichen Qualen, der gleichen Einsamkeit ausgesetzt wie er, und er war bereit, mir zu helfen.

»Was haben Sie jetzt vor?« fragte er mich. »Antun können Sie ihr nichts. Das ist nicht erlaubt.«

»Ich will ihr auch gar nichts antun. Ich will sie nur loswerden. Ich will, daß sie mich nicht mehr liebt.«

»Aber wie? Wenn Sie sich ihr gezeigt haben, und nicht einmal das etwas genützt hat . . .«

»Untreue«, antwortete ich knapp. »Ich werde sie glauben lassen, daß ich jemand anders liebe. Daß in meinem Leben kein Platz für sie ist. Das wird sie in die Flucht treiben. Später spielt es dann keine Rolle mehr, daß sie etwas weiß: Wer würde ihr glauben? Das FBI würde nur lachen und ihr raten, die Finger vom LSD zu lassen. Aber wenn ich ihre Anhänglichkeit an mich nicht breche, bin ich erledigt.«

»Jemand anders lieben? Aber wen?«

»Wenn sie gegen Morgen wieder zu mir ins Zimmer kommt, wird sie uns beide überraschen, wie wir dividieren und abstrahieren«, erklärte ich. »Das wird genügen, meinen Sie nicht?«

Und so betrog ich Elizabeth mit Swanson.

Die Tatsache, daß wir beide menschliche Männermasken trugen, war selbstverständlich irrelevant. Wir gingen zu meinem Zimmer hinauf und entledigten uns der lästigen Gehäuse – ein überwältigendes, fast betäubendes Gefühl. Und plötzlich waren wir beide wieder nichts weiter als zwei Heimatweltler, der eine den Bedürfnissen des anderen aufgeschlossen. Die Tür ließ ich unversperrt. Swanson und ich krochen auf mein Bett und begannen mit dem Gesang. Wie seltsam, nach all diesen Jahren der Einsamkeit die Vibration wieder zu spüren! Und wie wunderbar! Swansons Fühlerhaare, die mich berührten. Das Wechselspiel der Harmonien. In seiner Technik eine unterschwellige Härte – er verachtete mich wegen meiner Idiotie, und das mit Recht –, doch als wir vom Singen zum Dividieren übergegangen waren, war alles verziehen. Und als wir zum Abstrahieren übergingen, wurde es wahrhaft grandios. Wir stiegen empor durch eine Unendlichkeit klimaktischer Entleerungen. Die Dämmerung kroch herauf und fand uns so in Begeisterung, daß wir nicht einmal ausruhen wollten.

Es klopfte. Elizabeth.

»Herein!« sagte ich.

Mit einem verträumten, ekstatischen Ausdruck im Gesicht. Der sofort verschwand, als sie uns beide umschlungen auf dem Bett entdeckte. Ein fragendes Stirnrunzeln.

»Wir paaren uns«, erklärte ich ihr. »Ja, dachtest du denn, daß ich wie ein Einsiedler lebe?« Sie blickte von Swanson zu mir, von mir zu Swanson. Ihre Hand fuhr an den Mund. In ihre Augen trat ein gepeinigter Blick. Ich zog die Schraube noch ein wenig fester an. »Ich konnte dich nicht daran hindern, dich in mich zu verlieben, Elizabeth. In Wahrheit aber ziehe ich meine eigene Rasse vor. Was ja wohl zu verstehen ist.«

»Aber sie hier in deinem Zimmer zu haben, obwohl ... obwohl du doch wußtest, daß ich zurückkomme ...«

»Es ist eigentlich keine ›Sie‹. Aber auch eigentlich kein richtiger ›Er‹.«

»... so grausam, David! Ein so schönes Erlebnis so brutal zu zerstören!« Mit zitternden Händen hielt sie mir beschriebene Blätter entgegen. »Ein ganzer Sonett-Zyklus«, sagte sie. »Über heute nacht. Wie wunderschön es war, und alles. Und nun ... und nun ...« Sie zerknüllte die Seiten. Schleuderte sie quer durchs Zimmer. Drehte sich um. Lief wild schluchzend hinaus. Nichts Schlimmeres gibt es als ... »David!« Ein erstickter Schrei. Die Tür schlug zu.

Nach zehn Minuten war sie wieder da. Swanson und ich hatten uns noch nicht ganz wieder in unsere Körper verkrochen – die Brust stand bei uns beiden noch offen. Während wir arbeiteten, besprachen wir, welche Schritte wir nun unternehmen sollten. Er fand, die Ehre gebiete es, daß ich die Rückversetzung zur Heimatwelt beantrage, denn nach meiner indiskreten Enthüllung heute nacht sei ich hier ohnehin nicht weiter von Nutzen. Ich stimmte ihm darin weitgehend zu, zögerte aber, die Erde zu verlassen. Trotz der körperlichen Qualen des Lebens auf diesem Planeten hatte ich das Gefühl, hierherzugehören.

In diesem Augenblick kam Elizabeth herein. Strahlend.

»Ich darf nicht so egoistisch sein«, verkündete sie. »So spießbürgerlich. So konventionell. Ich bin bereit, meine Liebe zu teilen.« Umarmte Swanson. Umarmte mich. »*Ménage à trois*«, erklärte sie. »Ich habe nichts dagegen, daß ihr beide körperliche Beziehungen habt. Solange ihr mich nur nicht ganz aus eurem Leben ausschließt. Ich meine, David – wir beide könnten ohnehin niemals körperliche Beziehungen haben, nicht wahr? Aber wir können all die anderen Aspekte der Liebe haben. Und wir werden uns auch deinem Freund hier öffnen. Ja? Ja? Ja?«

Swanson und ich reichten beide Anträge für eine Versetzung ein – er nach Afrika, ich auf die Heimatwelt. Die Antwort würden wir erst nach einer längeren Zeit erhalten. Bis dahin waren wir ihr auf Gnade und Ungnade ausgeliefert. Er schäumte vor Wut darüber, daß ich ihn in diese Angelegenheit hineingezogen hatte, aber hatte ich denn eine andere Möglichkeit gehabt? Aus dem Weg gehen konnten wir Elizabeth beide nicht. Wir waren ihr ausgeliefert. Sie umgab uns liebevoll mit leuchtenden Wogen zärtlicher Gefühle; wohin wir uns auch wandten – sie war da, strahlend vor Liebe. Verscheuchte die Dunkelheit unseres Lebens. Ihr armen, einsamen Wesen! Leidet ihr sehr unter der Schwerkraft? Und wie ist es mit der Hitze? Und im Winter? Gibt es eine Trauzeremonie auf eurem Planeten? Habt ihr dort Poesie?

Ein glückliches Trio. Wir gingen gemeinsam ins Theater. Wir besuchten Konzerte. Und sogar Parties in Greenwich Village.

»Meine Freunde«, stellte Elizabeth jedesmal vor und ließ keinen Zweifel daran, daß sie mit uns beiden zusammenlebte. Ein etwas skandalöser Lebenswandel; sie liebte es, wenn man sie für ›fortschrittlich‹ hielt. Swanson spielte verdrossen mit, fügte sich all ihren Launen, haderte aber, wenn wir allein waren, mit mir, weil ich ihn in diese Angelegenheit hineingezogen hatte. Elizabeth brachte einen weiteren hektographierten Gedichtband heraus, den sie uns beiden widmete. »Dreisprung« nannte sie ihn. Gewagt erotisch. Ich zitierte ein paar der Gedichte in meinen Berichten zur Heimatwelt, verlor dann aber den Mut und versteckte das Heft in meinem Schrank.

»Hast du schon etwas von deiner Versetzung gehört?« fragte ich Swanson mindestens zweimal die Woche.

Er hatte nicht. Und ich auch nicht.

Der Herbst kam. Elizabeth, deren Kerze an beiden Enden brannte, war hager geworden und wirkte hektisch.

»Ich bin noch nie so glücklich gewesen«, verkündete sie immer wieder, während sie auf der einen Seite Swanson, auf der anderen mich bei der Hand faßte. »Ich denke gar nicht mehr daran, daß ihr fremdartige Wesen seid. Ich denke an euch, als wäret ihr Menschen. Warmherzige, wunderbare, einsame Menschen. Hier, in der Dunkelheit dieser furchtbaren Stadt.«

Und einmal sagte sie: »Manchmal kommt mir der Gedanke, daß vielleicht alle um mich her so sind wir ihr, und ich bin der einzige richtige Mensch? Aber das ist eine absurde Idee. Bestimmt seid ihr die beiden einzigen eurer Art auf der Erde. Die Pfadfinder, die Vorhut. Will eure Rasse die Erde überfallen? Na, hoffentlich! Damit endlich einmal alles in Ordnung kommt. Damit endlich einmal die Liebe und die Vernunft herrschen können!«

»Wie lange soll dies noch so weitergehen?« murmelte Swanson seufzend.

Gegen Ende Oktober kam schließlich seine Versetzung. Er reiste ab, ohne sich von uns beiden zu verabschieden, und hinterließ auch keine Nachsendeadresse. Nairobi? Addis Abeba? Kinshasa?

Ich hatte mich daran gewöhnt gehabt, ihn in der Nähe zu haben und mit ihm die Last Elizabeth zu teilen. Jetzt mußte ich die gesamte Bürde ihrer Zuneigung allein tragen. Darunter litt meine Arbeit. Ich hatte keine Zeit mehr, meine Berichte pünktlich abzuliefern. Und ich fürchtete mich vor ihrem Geschwätz. Wenn sie nun alles ihren Greenwich-Village-Freunden erzählte? »Kennst du David? Weißt du, er ist gar kein richtiger Mensch. In seinem Körper sitzt so eine Art Krabbe aus einem anderen Sonnensystem. Aber was spielt das schon für eine Rolle? Die Liebe ist ein universelles Phänomen. Jemand, der wirklich liebt, überwindet die Grenzen seines Planeten.« Ich sehnte mich danach, abgelöst zu werden. Heimzukehren, meine Strafe entgegenzunehmen, meine künstliche Haut abzulegen. Meine Gedanken von Elizabeth zu befreien.

Ich bekam meine Antwort über die Ultrawelle am dreizehnten November. Antrag abgelehnt! Ich mußte auf der Erde bleiben und mit meiner Arbeit fortfahren wie zuvor. Rückversetzungen auf die Heimatwelt wurden nur aus gesundheitlichen Gründen genehmigt.

Ich überlegte, ob ich einen ausführlichen Bericht über meinen Verrat zur Heimatwelt senden und damit meine Rückberufung sicherstellen sollte. Aber ich zögerte, übermannt von Verzweiflung. Ich verfiel in düsteres Brüten.

»Warum so traurig?« fragte Elizabeth. Was sollte ich ihr antworten? Daß mein Versuch, vor ihr zu fliehen, fehlgeschlagen war? »Ich liebe dich«, sagte sie. »Ich habe mich noch nie so wirklich, so real gefühlt.« Ihre Wange an meine geschmiegt. Ihre Finger in meinem Haar. Ein verführerisches Wispern. »David, öffne dich doch noch einmal. Ich meine, deine Brust. Ich möchte dein inneres Ich sehen. Um wirklich sicher zu sein, daß ich mich nicht davor fürchte. Ja, bitte? Du hast dich mir nur ein einziges Mal gezeigt.« Und dann, als ich ihren Wunsch erfüllt hatte: »Darf ich dich küssen, David?«

Ich erschrak. Aber ich ließ es zu. Sie fürchtete sich nicht. Verwandelt vor Glück. Sie ist mir unendlich lästig, aber ich fürchte, ich fange an, sie zu mögen.

Kann ich Sie verlassen? Ich wünschte, daß Swanson nicht verschwunden wäre. Ich brauche Rat.

Entweder breche ich mit Elizabeth, oder ich breche mit der Heimatwelt. Meine Lage ist absurd. Ich falle jeden Tag in neue Abgründe der Verzweiflung. Ich bin nicht mehr fähig, meine Arbeit zu tun. Ich habe noch einmal meine Versetzung beantragt, ohne Einzelheiten anzugeben. Heute fiel der erste Schnee dieses Winters.

Antrag abgelehnt.

»Als ich dich mit Swanson überraschte«, sagte sie, »das war ein furchtbarer Schock für mich. Ein noch schwererer Schlag als damals, als du zum erstenmal aus deiner Brust herauskamst. Ich meine, es war natürlich erschreckend, festzustellen, daß du kein Mensch bist, aber es hat mich gefühlsmäßig nicht berührt; es war keine Gefahr für mich. Aber als ich dann einige Stunden später zurückkam und dich mit einem Wesen deiner eigenen Rasse fand, als ich merken mußte, daß du mich ausschließen wolltest, daß ich keinen Platz in deinem Leben hatte ... Aber wir haben es trotzdem geschafft, nicht wahr?«

Sie küßt mich. Freudentränen in den Augen. Wie ist dies nur alles gekommen? Wann hat dies alles begonnen? Das Leben war früher so einfach gewesen. Ich habe versucht, die Kette der Ereignisse, die mich von dort nach hier gebracht haben, zurückzuverfolgen, aber ich kann es nicht. Heute war ich acht Stunden lang außerhalb meines künstlichen Körpers. Die längste Zeit bisher. Elizabeth spricht davon, mit mir über den Winter nach Süden zu fahren. Eine abgelegene Hütte, die ihr Freunde zur Verfügung stellen. Ich darf meinen Posten natürlich nicht ohne Erlaubnis verlassen. Und es dauert Monate, bis ich eine Antwort bekommen kann.

Ich muß die Wahrheit gestehen: Ich liebe sie.

1. Januar. Das neue Jahr beginnt. Ich habe der Heimatwelt meinen Abschied eingereicht und meinen Ultrawellensender zerstört. Die Bande sind zerschnitten. Morgen, sobald die städtischen Behörden ihre Büros öffnen, werden Elizabeth und ich uns auf dem Standesamt das Aufgebot bestellen.

Aus dem Amerikanischen von Gisela Stege

Larry Niven

Tod durch Ekstase

Als erstes kam der Routineantrag um die Erlaubnis, die Intimsphäre verletzen zu dürfen. Ein Polizeibeamter nahm die Einzelheiten auf und reichte den Antrag an einen Sekretär weiter, der seinerseits dafür sorgte, daß das Tonband an einen der zuständigen Richter weitergeleitet wurde. Der Richter zögerte, denn die Intimsphäre ist sakrosankt in einer Welt, in der achtzehn Milliarden Menschen leben; doch schließlich konnte er keinen Grund für eine Ablehnung des Antrags finden. Am 2. November stellte er die Vollmacht aus.

Der Mieter war zwei Wochen mit seiner Miete im Rückstand. Wenn der Verwalter der Monica-Apartments um einen Räumungsbefehl nachgesucht hätte, würde man ihn abgewiesen haben. Aber Owen Jennison hatte weder auf die Türklingel noch auf das Läuten des Telefons reagiert. Niemand erinnerte sich, ihn in den letzten Wochen gesehen zu haben. Anscheinend wollte die Verwaltung sich nur davon überzeugen, daß alles in Ordnung war.

Also erteilte man die Genehmigung, das Apartment Nr. 1809 mit seinem Hauptschlüssel zu öffnen und es im Beisein eines Beamten zu betreten.

Also fanden sie den Mieter des Apartments Nr. 1809.

Und als sie einen Blick in seine Brieftasche geworfen hatten, riefen sie mich an.

Ich saß an meinem Schreibtisch im Hauptquartier der UN-Polizei, machte unwichtige Notizen und sehnte mich nach der Mittagspause.

Zu dieser Zeit war der Loren-Fall im Stadium des Auswertens und Wartens. Es ging hier um eine Bande von Organschmugglern, die offensichtlich von einem einzigen Mann geleitet wurde, jedoch groß genug war, um die halbe Westküste des amerikanischen Kontinents zu beherrschen. Wir besaßen bereits eine beträchtliche Anzahl von Informationen über die Bande – über ihren Modus operandi, ihre Zentren und ein paar frühere Kunden, sogar eine Handvoll Namen – doch nicht annähernd genug, um etwas unternehmen zu können. So konnten wir nichts weiter tun, als das, was wir hatten, in den Computer zu füttern, ein paar der vermutlichen Komplicen des Bandenchefs Loren unter Beobachtung zu halten und – auf einen glücklichen Zufall zu warten.

Die Monate des Wartens stumpften mein Gefühl des persönlichen Engagements allmählich ab.

Mein Viseophon summte.

Ich legte den Kugelschreiber hin und sagte: »Gil Hamilton.«

Sanfte schwarze Augen in einem schmalen, dunklen Gesicht blickten mich an. »Ich bin Detektiv-Inspektor Julio Ordaz von der Polizei in Los Angeles. Sind Sie mit einem Owen Jennison verwandt?«

»Owen? Nein, verwandt sind wir nicht. Hat er was ausgefressen?«

»Sie kennen ihn also?«

»Natürlich kenne ich ihn. Ist er hier auf der Erde?«

»Scheint so.« Ordaz sprach ohne jeden Akzent, doch ein Mangel an umgangssprachlichen Floskeln gab seiner Sprache einen etwas ausländisch klingenden Tonfall. »Wir brauchen eine einwandfreie Identifizierung, Mr. Hamilton. Mr. Jennisons Identitätskarte benennt Sie als nächsten Angehörigen.«

»Komisch. Ich – Moment mal! Ist Owen tot?«

»Irgend jemand ist tot, Mr. Hamilton. Und der Tote hat Mr. Jennisons Identitätskarte in seiner Brieftasche.«

»Aha. Owen Jennison war Bürger des Asteroidengürtels. Damit ist die UNP für den Fall zuständig. Wo ist die Leiche?«

»Wir haben sie in einem Apartment gefunden, das auf seinen Namen gemietet wurde. Monica-Apartment, Los Angeles, Apartment Nr. 1809.«

»Gut. Berühren Sie nichts, was Sie nicht ohnehin schon berührt haben. Ich bin sofort da.«

Die Monica-Apartments sind ein stilloser Betonblock, achtzig Stockwerke hoch und mit einem quadratischen Fundament von über dreihundert Metern Kantenlänge. Galerien von kleinen Balkons lassen die Außenwände wie filigranartige Bildhauerarbeit erscheinen. Hundert Gebäude von fast gleicher Bauweise geben diesem Teil von Los Angeles aus der Luft das Aussehen wie die mit Geschwüren und Schorfen bedeckte Haut eines Kranken.

Man trat in eine Halle, in stilloser, anonymer Modernität eingerichtet; viel Metall und Plastik, leichte Sessel ohne Armlehnen, große Aschenbecher, viel indirekte Beleuchtung, eine niedrige Decke; jeder Kubikmeter raffiniert ausgenützt. Das Foyer schien wie aus einer Form gegossen. Es sollte geräumig wirken, aber auf mich wirkte es beklemmend eng und gab mir eine Vorstellung davon, wie die Zimmer aussehen mochten. Man zahlte hier die Miete nach Kubikzentimetern umbauten Raums.

Ich fand das Büro der Verwaltung und den Verwalter selbst, einen sanften Menschen mit wasserblauen Augen. Sein konservativer, unauffälliger Papieranzug, dunkelrot, war sichtlich geeignet, ihn unsichtbar zu machen, genau wie die Frisur seines braunen Haares, das er lang und ohne Scheitel streng zurückgekämmt trug.

»So etwas ist hier noch nie passiert«, sagte er, als er mich zu der Aufzugsbatterie führte. »Niemals. Es wäre schlimm genug, wenn der Mann nicht auch noch aus dem Asteroidengürtel käme. Aber so . . .« Der Gedanke ließ ihn frösteln. »Die Presse wird uns *umbringen* . . .«

Der Aufzug war so groß wie ein Sarg, doch die Griffe befanden sich auf der Innenseite. Rasch und geräuschlos schoß er nach oben. Ich trat in einen langen, engen Korridor.

Was hatte Owen in so einem Haus zu suchen? Hier lebten Termiten, aber keine Menschen.

Aber vielleicht war es gar nicht Owen. Ordaz war sich da auch nicht sicher. Außerdem gibt es kein Gesetz gegen Taschendiebstahl. Auf diesem übervölkerten Planeten wäre ein solches Gesetz geradezu lächerlich. Jeder Bewohner der Erde war ein Taschendieb.

Klar, so mußte es sein. Irgend jemand hatte Owens Brieftasche gestohlen und war hier gestorben.

Ich ging den Korridor entlang zum Apartment Nr. 1809.

Der Mann, der verzückt lächelnd im Sessel hing, war Owen. Ich sah ihn mir gründlich an, bis ich völlig sicher war. Dann sah ich weg und blickte nicht wieder hin. Aber die anderen Umstände waren noch unglaublicher.

Kein Mensch aus dem Gürtel würde jemals so ein Apartment mieten. Ich bin auf der Erde geboren, in Kansas. Doch selbst ich spürte ein Frösteln in diesen schrecklichen, anonymen Wohnmaschinen. Sie mußten Owen in den Wahnsinn getrieben haben.

»Ich kann es einfach nicht glauben«, sagte ich.

»Kannten Sie ihn gut, Mr. Hamilton?«

»So gut, wie zwei Menschen einander kennen können. Wir haben drei Jahre lang zusammen in der Hauptzone des Asteroidengürtels gearbeitet. Als Erzsucher. Da kann man nichts voneinander verbergen.«

»Und trotzdem hatten Sie keine Ahnung, daß er sich auf der Erde aufhielt?«

»Das ist es ja, was ich nicht verstehe. Warum, zum Teufel, hat er mich nicht angerufen, wenn er Hilfe brauchte?«

»Sie sind bei UNP«, sagte Ordaz. »Sie sind Polizeibeamter.«

Das war vielleicht eine Erklärung. Owen war genau so ehrlich wie andere Menschen; doch im Asteroidengürtel ist das eine andere Art von Ehrlichkeit. Die Leute auf diesen Kleinplaneten halten alle ›Flachländer‹ für Gauner. Sie verstehen nicht, daß die Kunst des Taschendiebstahls für einen Flachländer ein Geschicklichkeitssport ist, ein Kavaliersdelikt. Dafür hält ein Mann vom Gürtel das Schmuggeln für eine ehrliche sportliche Leistung. Er setzt die dreißig Prozent Zollgebühren gegen das Risiko, daß seine Ware beschlagnahmt wird, und wenn er glaubt, eine reelle Chance zu haben, läßt er es darauf ankommen.

Vielleicht hatte Owen etwas getan, das zwar in seinen Augen ehrlich sein mochte, nicht aber in meinen.

»Vielleicht war er in eine krumme Sache verwickelt«, gab

ich zu. »Aber deshalb hätte er sich niemals umgebracht. Vor allem nicht hier. Er wäre niemals hierhergekommen.«

Apartment Nr. 1809 bestand aus einem Zimmer, einem Bad und einem Schrank. Ich hatte einen Blick in das Bad geworfen und schon vorher gewußt, was ich dort finden würde. Das Bad hatte die Größe einer bequemen Duschkabine. Wenn man die Knöpfe einer neben der Tür befindlichen Schalttafel drückte, schoben sich entsprechende Plastikgegenstände aus der Wand, um den Raum wahlweise in eine Duschkabine, einen Waschraum, eine Toilette oder eine Sauna zu verwandeln. Luxuriös und allen Anforderungen – außer der Geräumigkeit – entsprechend, wenn man die richtigen Knöpfe drückte.

Das Zimmer war ähnlich ausgeklügelt eingerichtet. Ein breites Bett war in die Wand geklappt. Eine Kochnische mit Spülbecken, Herd und Grill war in eine andere Wand versenkt. Sofa, Stühle und Tische ließen sich zusammenklappen und im Boden versenken. Der Mieter und drei Gäste konnten sich zu einer gedrängten Cocktailparty, einem gemütlichen Dinner oder einer engen Pokerrunde zusammensetzen. Spieltisch, Eßtisch und Rauchtisch mit den dazugehörigen Stühlen waren vorhanden, doch konnte man immer nur eine Garnitur aus dem Fußboden steigen lassen. Es gab keinen Kühlschrank, keine Tiefkühltruhe, keine Bar. Wenn ein Mieter eine Fertigmahlzeit zum Aufwärmen oder einen Drink wollte, so gab er eine telefonische Bestellung an den Supermarkt im dritten Stock durch.

Der Mieter eines solchen Apartments lebte zwar komfortabel, doch gehörte ihm nichts. Es gab nur Platz für ihn selbst, aber keinen für seinen Besitz. Apartment 1809 lag im Innern des Gebäudeblocks. Früher hätte man Luftschächte eingebaut, aber Luftschächte beanspruchten Platz, teuren Platz. Es gab nicht einmal ein Fenster. Der Mieter eines solchen Apartments lebte in einer engen, ausgetüftelten Schachtel.

Die Einrichtung, die jetzt aus Wand und Fußboden gezogen war, bestand aus einem aufblasbaren Lesesessel, zwei kleinen Beistelltischen, einer Fußbank und der Kochnische. Owen Jennison saß grinsend im Sessel. Natürlich grinste er. Sein Gesicht bestand fast nur noch aus Haut und Knochen.

»Das Zimmer ist zwar klein«, sagte Odaz, »aber doch nicht

zu klein. Millionen von Menschen leben so. Auf jeden Fall wird einer von den Asteroiden kaum an Klaustrophobie leiden.«

»Nein. Owen hat ein Einsitzer-Raumschiff geflogen, bevor er zu uns kam. Drei Monate lang in einer Kabine, die so klein ist, daß man nicht einmal darin stehen kann, wenn die Luken geschlossen sind. Nein, er litt sicher nicht an Klaustrophobie, aber ...« Ich deutete mit einer Handbewegung auf den engen Raum. »Sehen Sie irgend etwas, das ihm gehört?«

Der Schrank, so klein er war, enthielt fast nichts. Ein Anzug, ein Papierhemd, ein Paar Schuhe, ein kleiner brauner Koffer. Alles neu. Und die wenigen Utensilien im Bad waren genauso neu und genauso unpersönlich.

»Und?« sagte Ordaz.

»Asteroidenleute sind Nomaden. Sie besitzen nicht viel. Aber an dem wenigen halten sie fest. Kleine Dinge: Andenken, Souvenirs und so weiter. Ich kann mir nicht vorstellen, daß er *überhaupt nichts* bei sich hatte.«

Ordaz runzelte die Stirn. »Seinen Raumanzug vielleicht?«

»Warum nicht? Der Raumanzug ist das Heim eines Mannes im Gürtel. Manchmal das einzige Zuhause, das er hat. Manche von ihnen geben ein Vermögen aus, ihn auszuschmücken. Und wer seinen Raumanzug verliert, hört auf, ein Gürtelmann zu sein.

Nein. Ich behaupte nicht, daß er seinen Raumanzug mitgebracht haben muß. Aber *irgend etwas* müßte doch da sein. Seine Phiole mit Marsstaub, zum Beispiel. Der Splitter aus Nickeleisen, den man einmal aus seiner Brust herausoperiert hat. Und wenn er alle seine Erinnerungsstücke verloren haben sollte, so hätte er doch auf der Erde dieses und jenes gekauft. Aber hier, in diesem Zimmer, ist einfach *nichts*, was ihm persönlich gehört.«

»Vielleicht«, sagte Ordaz zögernd, »hat er seine Umgebung überhaupt nicht wahrgenommen?«

Und irgendwie rückten diese Worte alles ins rechte Licht. Owen Jennison saß verzückt in einem wasserfleckigen Morgenmantel da. Sein von harter Strahlung gedunkeltes Gesicht ging unterhalb des Kinns unvermittelt in helle, normale Sonnenbräune über. Sein zu langes, blondes Haar war in irdischem Stil geschnitten. Keine Spur mehr von dem Streifenschnitt der Gürtelleute, den er sein ganzes Leben lang getragen hatte. Sein Gesicht war von einem monatealten Bart bedeckt. Aus seinem Kopf ragte ein kleiner, schwarzes Zylinder. Ein elektrisches Kabel führte aus dem Zylinder zu einer Steckdose.

Der Zylinder war ein Schädeltrafo, ein Umspanngerät für Stromsüchtige. Der Trafo war ein Standardmodell, war aber verändert worden. Der Apparat eines geübten Stromsüchtigen führt dem Gehirn nur eine sehr geringe Spannung zu. Owen mußte das Zehnfache der normalen Dosis angelegt haben, mehr als genug, um innerhalb eines Monats sein Gehirn zu zerstören.

Ich griff mit meiner imaginären Hand nach dem Schädeltrafo und betastete ihn.

Ordaz stand schweigend neben mir und störte meine Untersuchung nicht. Er hatte natürlich keine Ahnung von meinen beschränkten Psi-Kräften.

Beschränkt war der richtige Ausdruck. Ich verfügte über zwei psychische Kräfte: Telekinese und ESP. Mit dem ESP konnte ich die Gestalt naher Objekte ertasten; aber nur bis zur früheren Reichweite meines fehlenden rechten Arms. Ich konnte auch kleine Gegenstände heben, aber nur, wenn sie nicht weiter entfernt waren als die Fingerspitzen meiner imaginären rechten Hand. Die Beschränkung resultierte aus meiner eigenen, beschränkten Imagination. Weil ich nicht glauben konnte, daß meine imaginäre Hand weiter reichen könnte, reichte sie auch nicht weiter.

Trotzdem aber war diese beschränkte Psi-Kraft manchmal recht nützlich. Mit meinen imaginären Fingerspitzen ertastete ich das Gerät auf Owens Kopf, fühlte das winzige Loch in seiner Kopfhaut und tastete weiter.

Es war eine ganz normale Operation. Owen hätte sie überall ausführen lassen können. Ein Schnitt in der Kopfhaut, vom Haar bedeckt und kaum zu entdecken, wenn man nicht wußte, wo er war und danach suchte. Selbst die besten Freunde konnten nichts davon ahnen, falls sie einen nicht gerade mit angeschlossenem Trafo erwischten. Doch das winzige

Loch war nur der Eingang zu einer größeren Steckdose, die im Schädeldach eingelassen ist. Ich tastete mit den Fingerspitzen meiner imaginären Hand nach der Verteilerdose, dem Ekstasenspender, dem Blitzer, tastete weiter, die feinen Drähte, entlang, die tief in Owens Gehirn führten, direkt ins Zentrum der Lustempfindungen.

Nein, die höhere Stromstärke hatte ihn nicht umgebracht. Was ihn getötet hatte, war sein Mangel an Willenskraft gewesen. Er hatte nicht mehr die Kraft gehabt, aufzustehen.

Er hatte im Sessel gesessen und war dort verhungert. Eine ganze Reihe von Plastikflaschen lag zu seinen Füßen verstreut, andere standen auf den beiden kleinen Tischen. Alle leer. Vor einem Monat mußten sie gefüllt gewesen sein. Owen war nicht verdurstet. Er war verhungert. Und dieser Tod war gewollt.

Owen, mein Raumschiffkamerad. Warum war er nicht zu mir gekommen? Ich bin doch selbst ein halber Gürtelmann. Was auch immer er angestellt haben mochte, irgendwie hätte ich ihn schon herausgepaukt. Und wenn er auch ein bißchen geschmuggelt hatte. Na und? Warum hatte er nur dafür gesorgt, daß ich benachrichtigt wurde, als alles vorbei war?

Das Apartment war sauber – zu sauber. Man mußte sich nahe über ihn beugen, um den Tod zu riechen. Die Klimaanlage saugte den Verwesungsgeruch ab.

Er war sehr methodisch vorgegangen. Die Küche war offen, damit er einen Katheter von seiner Harnröhre zum Spülbekken legen konnte. Er hatte genügend Wasser getrunken, um einen Monat damit auskommen zu können; er hatte seine Miete für einen Monat im voraus bezahlt. Er hatte das Kabel des Schädeltrafos durchtrennt und verkürzt, so daß er nahe der Steckdose bleiben mußte, und die Küche nicht erreichen konnte.

Eine komplizierte Art zu sterben, aber auch eine schöne. Ein Monat höchster Ekstasen, ein Monat höchster physischer Lust, die ein Mensch erreichen kann. Ich konnte mir vorstellen, wie er amüsiert gekichert hatte, wenn ihm einfiel, daß er langsam verhungerte. Angesichts von Nahrung, die nur ein paar Schritte entfernt lag ... doch er hätte den Stecker aus dem Blitzer ziehen müssen, um sie zu erreichen. Vielleicht hatte er die Entscheidung aufgeschoben, wieder und wieder ...

Owen und ich und Homer Chandrasekhar hatten drei Jahre lang in einer winzigen Kapsel im Vakuum des Weltraums gelebt. Was war es, das ich über Owen Jennison hätte wissen müssen und nicht wußte? Wo lag seine Schwäche, die wir nicht kannten? Wenn Owen zu einer solchen Tat fähig war, war ich es auch. Und ich hatte Angst.

»Sehr sauber«, flüsterte ich. »Asteroidensauber.«

»Typisch für einen Gürtelmann, wollen Sie damit sagen?«

»Im Gegenteil. Gürtelleute begehen nicht Selbstmord. Und wenn, ganz bestimmt nicht auf diese Art. Wenn ein Gürtelmann die Nase voll hat, sprengt er den Fusionsantrieb seines Raumschiffs und stirbt wie ein Stern. Der Hang zur Sauberkeit ist typisch, nicht das Resultat.«

»Gut«, sagte Ordaz, »gut.« Er fühlte sich unbehaglich. Die Tatsachen sprachen für sich. Und doch zögerte er, mich einen Lügner zu nennen. Er rettete sich in die Förmlichkeit.

»Mr. Hamilton, identifizieren Sie diesen Mann als Owen Jennison?«

»Ja.« Er hatte immer ein wenig Übergewicht gehabt, doch trotzdem hatte ich ihn sofort erkannt. »Aber wir wollen ganz sicher gehen.« Ich zog den verschmutzten Morgenmantel von Owens Schulter. Eine fast kreisrunde Narbe von fünfzehn Zentimetern Durchmesser bedeckte seine linke Brust. »Haben Sie das gesehen?«

»Wir haben es bemerkt. Eine alte Brandwunde?«

»Owen ist der einzige Mensch, der eine Meteorwunde in seiner Haut hat. Der Meteor hat seine Schulter durchschlagen, als er außerhalb des Raumschiffs arbeitete, und das verdampfte Metall seines Druckanzugs hat seine Haut verbrannt. Der Arzt hat aus der Mitte der Wunde ein winziges Stück Nickeleisen herausoperiert. Es saß dicht unter der Haut. Owen hatte dieses Stückchen Nickeleisen immer bei sich. Immer.« Ich blickte Ordaz an.

»Wir haben es nicht gefunden.«

»Nun, ja.«

»Tut mir leid, daß ich Sie mit diesen Dingen belasten muß,

nd langem, rot und gold gestromtem Haar.
die Glaswand ihres Büros und sah ihr bei der

ner Konturcouch und rauchte. Ihre Augen wa-
. Ab und zu runzelte sie die Stirn in ange-
entration. Ab und zu blickte sie auf die Uhr
Augen sofort wieder.
e nicht. Ich wußte, wie wichtig ihre Arbeit war.
ar nicht schön. Ihre Augen standen etwas zu
der, ihr Kinn war zu profiliert, ihr Mund zu
s macht nichts. Julie konnte Gedanken lesen.
ne ideale Partnerin. Sie war alles, was sich ein
wünschen konnte. Vor einem Jahr, als ich zum
inen Menschen getötet hatte, überfiel mich ein
rstörungsdrang. Irgendwie hatte Julie es fertigge-
zu einer manischen Ausgelassenheit umzufunk-
Zu zweit waren wir durch den staatlichen Anarchie-
bt. Die Rechnung war erheblich gewesen. Wir
s rückwärts auf einen Rollsteig gestellt und eine
ins Blaue durch die Stadt gemacht. Zum Schluß
r völlig ausgepumpt, zu müde, um noch denken zu
. . Aber vor zwei Wochen hatten wir eine warme,
schöne Nacht verbracht. Zwei Menschen, die mitein-
ücklich waren. Nicht mehr als das. Julie war das, was
uchte, jederzeit, überall.
männlicher Harem mußte der größte der Weltgeschichte
m die Gedanken eines männlichen Mitglieds der UNP
u können, mußte Julie in ihn verliebt sein. Glücklicher-
hatte ihr Herz genügend Platz für eine Menge Liebe.
erlangte nicht, daß wir ihr treu waren. Mehr als die
e von uns war verheiratet. Aber Julie mußte jeden ihrer
ner lieben, um ihn beschützen zu können.
tzt war sie gerade dabei, uns zu beschützen. Alle fünf-
Minuten trat Julie in Gedankenverbindung mit einem
immten UNP-Mann. Psi-Kräfte sind notorisch unzuver-
sig. Aber Julie war eine der Ausnahmen von der Regel.
nn wir in eine Klemme gerieten, war Julie jedesmal zur
lle, um uns wieder herauszupauken . . . falls sie nicht ir-
ndein Idiot bei ihrer Arbeit störte.

Mr. Hamilton. Aber Sie hatten ja selbst gewünscht, daß wir die Leiche so lassen, wie sie ist.«

»Ja. Vielen Dank.«

Owen grinste mich aus dem Sessel an. Ich fühlte den Schmerz in der Kehle und in der Magengrube. Ich hatte vor langer Zeit meinen rechten Arm verloren. Owen zu verlieren tat genau so weh.

»Ich würde gern mehr von dieser Sache erfahren«, sagte ich. »Würden Sie mir bitte alles, was Sie herausfinden, sofort mitteilen?«

»Natürlich. Über das UNP-Büro?«

»Ja.« An sich ging die UNP die Sache gar nichts an, trotzdem ich es Ordaz gegenüber behauptet hatte. Aber das Prestige der UNP würde helfen. »Ich will wissen, warum Owen gestorben ist. Vielleicht hat er durchgedreht . . . Zivilisationsschock oder so etwas. Aber wenn ihn jemand zu Tode gehetzt haben sollte, gehe ich dem Kerl an den Kragen.«

»Ich würde meinen, daß man die Bestrafung lieber den Gerichten überlassen . . .« Ordaz hielt unentschlossen inne. Sprach ich als Mitglied der UNP oder als normaler Bürger? Ich ließ ihn mit diesem Problem allein.

In der Halle drängten sich die Mieter, die die Aufzüge betraten oder sie verließen oder auch nur herumstanden. Ich blieb einen Augenblick vor den Aufzügen stehen und blickte in die Gesichter der Vorübergehenden.

Fließbandkomfort. Genügend Platz, um zu schlafen, zu essen und 3-D-Fernsehen anzuschauen, aber nicht genug Raum, um irgend jemand zu *sein*. Wer hier lebte, besaß nichts Eigenes. Was für Menschen lebten hier? Sie müßten eigentlich alle gleich aussehen, sich gemeinsam bewegen, wie die unzähligen Spiegelungen und Spiegelungen von Spiegelungen in einem dreiteiligen Frisierspiegel.

Dann entdeckte ich welliges braunes Haar und einen dunkelroten Papieranzug. Der Verwalter? Erst als ich dicht vor ihm stand, war ich sicher. Sein Gesicht war so unauffällig, daß man es sofort wieder vergaß.

Er sah mich auf sich zukommen und lächelte unfroh. »Oh, hallo, Mr. . . . äh . . . Haben Sie etwas gefunden . . .« Ihm fiel der richtige Name nicht ein.

»Ja«, sagte ich. »Aber ich möchte gerne noch ein paar Auskünfte von Ihnen. Owen Jennison hat hier seit sechs Wochen gewohnt, nicht wahr?«

»Sechs Wochen und zwei Tage.«

»Hat er Besucher gehabt?«

Der Mann warf mir einen mißtrauischen Blick zu. Wir waren langsam auf sein Büro zugegangen, und ich las das Namensschild an der Tür: *Jasper Miller, Manager.* »Natürlich nicht«, sagte er. »Es hätte doch jeder gemerkt, daß etwas nicht stimmte.«

»Sie glauben also, daß er das Apartment mit dem Vorsatz gemietet hat, dort zu sterben? Sie haben ihn nur ein einziges Mal gesehen und dann nie mehr?«

»Ich glaube ... nein, warten Sie.« Der Verwalter dachte angestrengt nach. »Nein. Er hat das Apartment an einem Donnerstag gemietet. Ich habe natürlich an der Bräune seines Gesichts bemerkt, daß er Raumfahrer war. Am Freitag ist er dann aus dem Haus gegangen. Ich sah ihn zufällig vorbeigehen.«

»War das der Tag, an dem er sich den Blitzer in die Schädeldecke operieren ließ? Nein, lassen wir das. Sie können es ja nicht wissen. War das das letztemal, daß Sie ihn aus dem Haus gehen sahen?«

»Ja.«

»Dann hätte er also entweder am Donnerstag abend oder Freitag morgen Besuch haben können?«

Der Verwalter schüttelte den Kopf.

»Und warum nicht?«

»Sehen Sie, Mr. ... äh ...«

»Hamilton.«

»Wir haben auf jedem Korridor eine Holographiekamera. Sie nimmt jeden Mieter auf, wenn er zum erstenmal sein Apartment betritt, und dann nicht mehr. Diskretion ist eine der Dienstleistungen, die wir einem Mieter zusammen mit dem Apartment gewähren.« Der Verwalter richtete sich ein wenig auf, als er das sagte. »Aus dem gleichen Grund macht die Holographiekamera ein Bild von jedem Eintretenden, der *nicht* hier wohnt. Auf diese Weise schützen wir unsere Mieter vor unerwünschten Besuchern.«

»Und die Mi
haupt keine Besu
»Nein, Sir.«
»Ihre Mieter s
»Das mag schon
»Ich vermute, ein
sucher ist und wer ni
»Natürlich.«
»Also hat Owen Je
nem Zimmer gesessen
Mensch um ihn gekümn
Miller versuchte, sein
geben. Aber er war zu n
sten jede Störung ihres P
Jennison irgendeine Hilfe
Hörer des Haustelefons ab
anrufen können oder die Ap
dritten Stock.«
»Vielen Dank, Mr. Miller.
wollte. Mich interessierte led
sechs Wochen lang sterben kon
davon merkte.«
Miller schluckte. »Er ist sechs W
»Ja.«
»Das konnten wir nicht ahnen.
können Sie uns nicht verantwortlich
»Das tue ich auch nicht«, sagte ich
nahegekommen, und ich hatte ihm
schämte ich mich dessen. Der Mann
recht. Owen hätte jederzeit Hilfe haben
gewollt hätte.
Ich stand auf der Straße und blickte
Streifen blauen Himmels, der zwischen de
bäuden sichtbar war. Ein Taxi schwebte
auf die Ruftaste meines Taschenfunkgeräts
Ich flog ins UNP-Hauptquartier. Nicht,
ich hätte unter diesen Umständen auch ni
nen –, sondern um mit Julie zu sprechen.
Julie. Ein hochgewachsenes Mädchen an

Also stand ich vor ihrem Büro und wartete, mit einer Zigarette in meiner imaginären Hand.

Die Zigarette diente nur zur Übung, um meine psychischen Muskeln fit zu halten. Auf ihre Weise war meine ›Hand‹ genau so zuverlässig wie Julies Gedankenlesen, vermutlich wegen ihrer beschränkten Reichweite. Wenn man an seinen Psi-Kräften zweifelt, verschwinden sie. Ein genau definierter dritter Arm ist plausibler als irgendeine Zauberkraft, die Gegenstände durch reine Geisteskraft bewegt. Ich wußte, wie ein Arm beschaffen war und was man damit tun konnte.

Warum verschwende ich dann soviel Zeit damit, Zigaretten zu halten? Nun, es ist der schwerste Gegenstand, den ich ohne Anstrengung heben kann. Und dann gibt es noch einen anderen Grund ... etwas, das Owen mich lehrte.

Um zehn vor drei öffnete Julie die Augen, rollte sich aus der Konturcouch und kam zur Tür.

»Hallo, Gil«, sagte sie schläfrig. »Hast du Kummer?«

»Ja. Ein Freund von mir ist tot. Ich dachte mir, es wäre ganz gut, wenn ich's dir sage.« Ich reichte ihr eine Tasse Kaffee.

Sie nickte. Wir waren für den Abend verabredet, und Owens Tod würde den Abend anders verlaufen lassen. Sie tastete nach meinen Gedanken.

»Mein Gott!« Sie fuhr zusammen. »Wie ... wie furchtbar. Es tut mir leid, Gil. – Also wird nichts aus unserer Verabredung, nicht wahr?«

»Falls du dich nicht an dem zeremoniellen Besäufnis beteiligen willst.«

Sie schüttelte heftig den Kopf. »Ich habe ihn nicht gekannt. Also gehört es sich nicht, daß ich mitmache. Außerdem würde ich dich nur bei deinen Erinnerungen stören. Gil. Eine Menge davon sind sicher sehr privater Natur, und es würde dich sicher genieren, wenn ich neben dir sitze und deine Gedanken mitlese. Wenn Homer Chandrasekhar hier wäre ...«

»Ich wünschte, er wäre hier. Nun muß er sein zeremonielles Besäufnis auch allein absolvieren. Oder vielleicht mit einigen von Owens Mädchen, wenn gerade welche da sind.«

»Du weißt, was ich fühle«, sagte sie.

»Das gleiche wie ich.«

»Ich wünschte, ich könnte dir helfen.«

»Du hilfst doch immer.« Ich warf einen Blick auf die Uhr. »Deine Kaffeepause ist fast vorbei.«

»Sklaventreiber.« Julie nahm mein Ohrläppchen zwischen Daumen und Zeigefinger. »Mach ihm Ehre«, sagte sie und ging dann wieder zurück in ihr schalldichtes Büro.

Sie hilft immer. Selbst wenn sie kein Wort sagt. Schon wenn ich weiß, daß Julie meine Gedanken gelesen hat, daß irgend jemand mich versteht, das ist schon genug.

Ganz allein, um drei Uhr nachmittags, begann ich mein zeremonielles Besäufnis.

Das zeremonielle Besäufnis ist ein noch junger Brauch, noch nicht von Formalismen eingeengt. Es gibt keine vorgeschriebene Zeitspanne. Es müssen keine besonderen Trinksprüche ausgebracht werden. Die Teilnehmer müssen nahe Freunde des Verstorbenen sein, doch ist keine bestimmte Anzahl von Teilnehmern vorgeschrieben.

Ich begann im ›Luau‹, einer Bar mit kühl-blauem Licht und plätscherndem Wasser. Draußen war es halb vier Uhr nachmittags, doch drinnen war es Abend auf den Hawaii-Inseln, so wie sie vor einigen Hunderten von Jahren ausgesehen hatten. Die Bar war bereits halb voll. Ich setzte mich an einen Ecktisch, wo ich genügend Bewegungsfreiheit hatte, und bestellte mir mit der Wählscheibe einen Luau-Grog. Er kam, kalt und braun und sehr alkoholisch, mit dem Strohhalm in einer Halbkugel Eis.

Bei dem zeremoniellen Besäufnis für Cubes Forsythe, in einer dunklen Ceres-Nacht, die vier Jahre zurücklag, waren wir zu dritt gewesen. Und eine verdammt komische Runde, das kann man wohl sagen; Owen und ich und die Witwe unseres dritten Besatzungsmitglieds. Gwen Forsythe gab uns die Schuld am Tod ihres Mannes. Ich war gerade aus dem Krankenhaus entlassen worden, den rechten Arm an der Schulter amputiert, und dafür gab ich Cubes und Owen und mir selbst die Schuld. Selbst Owen war finster und nachdenklich. Wir hätten keine schlechtere Gesellschaft und keinen schlechteren Abend finden können.

Aber dem Brauch mußte genüge getan werden, und so hatten wir uns versammelt. Damals wie heute tastete ich nach

, die ein toter Freund hinterlassen hatte. Nach-
üfend.

Hamilton, Sohn von ›Flachländern‹ geboren im
in Topeka, Kansas. Geboren mit zwei gesunden Armen und keinerlei außergewöhnlichen Talenten.

›Flachländer‹, so nennen die Gürtelleute die Menschen von der Erde, und besonders jene Erdbewohner, die noch nie im Raum gewesen sind. Ich glaube nicht, daß meine Eltern auch nur jemals einen Blick in den Sternenhimmel geworfen haben. Sie leiteten die drittgrößte Farm in ganz Kansas, fünfundzwanzig Quadratkilometer guter Ackererde, die zwischen zwei Streifen Stadt lagen, die sich entlang zweier Autobahnen hinzogen. Wir waren Stadtmenschen, wie alle Flachländer, aber wenn es mir und meinen Brüdern in der Stadt zu eng wurde, hatten wir eine Menge Raum, in dem wir allein sein konnten. Ein Spielplatz von fünfundzwanzig Quadratkilometern auf dem uns nichts störte als das Getreide und die landwirtschaftlichen Roboter.

Wir hatten zu den Sternen hinaufgeblickt, meine Brüder und ich. In der Stadt kann man die Sterne nicht sehen. Selbst auf den weiten Feldern wurden sie am Horizont von den Lichtern ausgelöscht. Aber direkt über uns waren sie da; ein dunkler Himmel, mit hellen Punkten gesprenkelt, und manchmal die flache, weiße Scheibe des Mondes.

Mit zwanzig gab ich meine Staatsbürgerschaft bei den Vereinten Nationen auf, um Raumfahrer zu werden. Ich wollte zu den Sternen, und die Regierung des Asteroidengürtels beherrscht den größten Teil des Sonnensystems. Es gibt unermeßliche Schätze auf den Asteroiden, Reichtümer, die einer weitverstreuten Zivilisation von einigen hunderttausend Gürtelbewohnern gehören; und davon wollte ich mir meinen Anteil holen.

Es war nicht leicht. Vor Ablauf von zehn Jahren konnte ich keine Lizenz für ein eigenes Unternehmen erhalten. Bis dahin mußte ich für andere arbeiten und lernen, tödliche Fehler zu vermeiden. Die Hälfte der Flachländer, die in den Asteroidengürtel kommen, sterben dort, bevor sie ihre Lizenz erarbeitet haben.

Ich habe Zinn auf Merkur geschürft, exotische Chemikalien

aus der Atmosphäre des Jupiter geholt, Eis von den Rin[...] des Saturn und Silber von der Europa. Einmal machte uns[...] Pilot einen Fehler, als wir auf einem Asteroiden landeten, und um ein Haar hätten wir zu Fuß nach Hause gehen müssen. Aber es gelang ihm doch, den Nachrichtenlaser wieder in Ordnung zu bringen und auf den Ikarus zu richten, um Hilfe herbeizuholen. Ein anderes Mal vergaß der Mechaniker, der unser Raumschiff in Ordnung hielt, einen Absorber wieder einzubauen, und wir wurden alle stockbesoffen von dem Alkohol, der sich in der Atemluft bildete. Wir drei haben uns den Mechaniker sechs Monate später vorgenommen. Er soll es aber überlebt haben.

Die meiste Zeit war ich Mitglied einer Drei-Mann-Besatzung gewesen. Meine Kameraden wechselten ständig. Als Owen zu uns kam, ersetzte er einen Mann, der es endlich geschafft hatte, seine Unternehmerlizenz zu bekommen, und es nun kaum erwarten konnte, endlich auf eigene Rechnung zu schürfen. Er war zu eifrig. Ich erfuhr später, daß er nur eineinhalb Reisen überlebt hat.

Owen war in meinem Alter, hatte aber viel mehr Erfahrung als ich. Er war im Gürtel geboren und dort aufgewachsen. Seine blauen Augen und sein blonder Kakaduschopf bildeten einen seltsamen Kontrast zur tiefen Bräune seiner Haut, einer Bräune, die abrupt an der Stelle aufhörte, wo der Halsring das intensive Sonnenlicht abschirmte, das durch die Gesichtsplatte des Helms fiel. Er war immer ein wenig dick, doch bei Schwerelosigkeit bewegte er sich mit der Grazie und Gewandtheit eines Delphins. Ich versuchte, seine Bewegungen zu kopieren, was Cubes sehr amüsierte.

Ich machte meinen ersten Fehler, als ich sechsundzwanzig Jahre alt war.

Wir verwendeten Bomben, um einen Asteroiden in eine neue Umlaufbahn zu bringen. Es war eine Auftragsarbeit. Die Technik ist älter als das Schleppen mittels Atomtriebwerken, so alt wie die frühe Kolonisation des Asteroidengürtels, und sie ist auch heute immer noch billiger, als einen Schiffsantrieb zum Ziehen des Asteroiden zu benutzen. Man verwendet industrielle Wasserstoffbomben, klein und sauber, und man plaziert sie so, daß jede Explosion den Krater der vorherigen etwas vertieft, damit die Detonationskräfte immer exakter in die gewünschte Richtung wirken.

Wir hatten bereits vier Bomben gezündet, vier weiße Feuerkugeln, die blitzartig anschwollen und wieder verblaßten.

Die fünfte Bombe sprengte den Asteroiden auseinander.

Cubes hatte die Bombe gezündet. Mein Fehler war, daß ich mitmachte, weil wir alle drei soviel Verstand hätten haben müssen, um sofort abzuhauen. Statt dessen beobachteten wir fluchend, wie der wertvolle oxygenhaltige Asteroid zu wertloser Schlacke verglühte. Wir sahen zu, wie die Schlacke langsam zu einer Wolke wurde, die sich immer rascher ausdehnte, und während wir noch zusahen, trieb eins dieser Schlackenstücke auf uns zu. Es fiel zu langsam, um beim Aufschlag zu verdampfen, aber schnell genug, um die dreifache Raumschiffhülle aus Speziallegierung zu durchdringen, meinen rechten Arm über dem Ellbogen abzutrennen und Cubes wie eine Laus zu zerquetschen.

Ein paar Nudisten kamen in die Bar. Sie standen blinzelnd zwischen den Tischen, bis sich ihre Augen an das blaue Halbdunkel gewöhnt hatten, dann stürzten sie sich mit fröhlichem Kichern auf eine zwei Tische von mir entfernt sitzende Gruppe. Ich beobachtete mit einem Auge und lauschte mit einem Ohr und überlegte mir, wie verschieden doch diese Flachländer von den Gürtelleuten waren, wenn man sie nackt sah. Hier wirkten alle gleich. Sie hatten zwar Muskeln, aber keine individuellen Narben, sie trugen ihre Kreditkarten in völlig gleichen Schultertaschen, sie rasierten sich alle an den gleichen Stellen.

... In den großen Basen wurden wir alle zu Nudisten. Die meisten jedenfalls. Es war eine ganz natürliche Reaktion auf die Enge der Druckanzüge, die wir Tag und Nacht tragen mußten, wenn wir draußen waren, bei den Asteroiden. Wenn ein normaler Gürtelmann in eine Gesellschaft gerät, wo offene Hemden toleriert werden, so lacht er über die Hemden. Aber nur, weil die Nacktheit bequemer ist. Wenn Sie ihm einen guten Grund dafür nennen, wird jeder von ihnen genau wie jeder andere auch Hemd und Hose anziehen.

Nur Owen nicht. Nachdem der Meteor ihm diese Wunde geschlagen hatte, habe ich ihn nie wieder mit einem Hemd bekleidet gesehen. Und das nicht nur in den Ceres-Kuppeln, sondern überall, wo es Atemluft gab. Überall mußte er seine verdammte Narbe zur Schau stellen.

Kaltes, blaues Mondlicht fiel in mein Gehirn, und ich erinnerte mich wieder ...

... Owen Jennison räkelte sich auf der Kante meines Krankenhausbettes und berichtete mir, was auf der Rückreise geschehen war. Von dem Moment an, wo die Trümmer des Asteroiden meinen Arm abgetrennt hatten, konnte ich mich nämlich an nichts mehr erinnern.

Ich wäre innerhalb von Sekunden verblutet, wenn Owen nicht gewesen wäre. Mit einem raschen, scharfen Schnitt seiner Laserpistole hatte Owen die Haut- und Fleischfetzen abgetrennt, ein Stück Fiberglasvorhang über die glatte Wunde gelegt und deren Enden fest unter der linken Achselhöhle verknotet. Anschließend, erzählte er mir, habe er mich unter zwei Atmosphären Druck in reinem Sauerstoff gehalten, um den hohen Blutverlust auszugleichen. Dann ließ er den Fusionsgenerator auf Vollast laufen und beschleunigte mit 4-g, um mich rechtzeitig zurückzubringen. Man hätte ihm ein Denkmal setzen sollen.

»Statt dessen ist nur mein Ruf im Eimer«, sagte er. »Der ganze Asteroidengürtel weiß jetzt, daß ich unseren Antrieb frisiert habe. Und eine ganze Reihe von Leuten glaubt, wenn ich mein Leben so leichtsinnig aufs Spiel setze, würde ich auch ihr Leben riskieren.«

»Also giltst du jetzt als unsicherer Schiffskamerad.«

»Genau. Sie nennen mich schon 4-g-Jennison.«

»Ist das alles, was dich bedrückt? Ich kann mir vorstellen, was los ist, wenn ich wieder hier rauskomme. ›Hast du 'ne Dummheit gemacht, Gil?‹ Und das Schlimmste ist, es *war* wirklich 'ne Dummheit.«

»Dann lügst du eben ein bißchen.«

»Was denn sonst? Können wir das Raumschiff verkaufen?«

»Nein. Gwen hat Cubes Drittel-Anteil geerbt. Und sie will nicht verkaufen.«

»Dann sind wir also pleite.«

»Wir haben noch das Schiff. Wir brauchen nur einen neuen dritten Mann.«

»Berichtigung: *Du* brauchst *zwei* neue Besatzungsmitglieder. Falls du nicht mit einem einarmigen Krüppel fliegen willst. Ich kann mir keine Armtransplantation leisten.«

Owen versuchte nicht, mir einen Kredit aufzuhängen. Das wäre auch beleidigend gewesen. Selbst wenn er das Geld gehabt hätte. »Es gibt schließlich Prothesen«, sagte er.

»Einen mechanischen Arm? Kommt nicht in Frage.«

Owen blickte mich mit eigenartigem Gesichtsausdruck an. Aber dann sagte er nur: »Warten wir ein bißchen. Vielleicht überlegst du dir's noch.«

Er hatte mich nicht gedrängt. Weder damals noch später, nachdem ich das Krankenhaus verlassen und mir ein Apartment genommen hatte und versuchte, mich daran zu gewöhnen, nur noch einen Arm zu haben. Falls er hoffte, ich würde mich schließlich doch für eine Prothese entscheiden, so konnte er lange warten.

Warum eigentlich? Das ist eine Frage, die ich nicht beantworten kann. Andere sind da wohl ganz anderer Ansicht. Es gibt Millionen von Menschen, die Prothesen aus Metall, Plastik und Silikon tragen. Teilweise Mensch, teilweise Maschine, und manchmal wissen sie wohl selbst nicht mehr, was an ihnen noch menschlich ist.

Ich aber würde lieber sterben, als teilweise aus Metall zu bestehen. Nennen Sie das meinetwegen Hysterie. Nennen Sie es von mir aus Angst, Angst der gleichen Art, die mich überkommt, wenn ich mich an Orten wie den Monica-Apartments befinde. Ein Mensch sollte ein Mensch bleiben. Er sollte Gewohnheiten und Besitztümer haben, die ihm eigentümlich sind, und nicht versuchen, wie irgend etwas anderes auszusehen und danach zu handeln, er sollte nicht zur Hälfte Roboter sein wollen.

Das war mein Standpunkt, und so wurde ich *›Gil der Arm‹* und lernte, mit der Linken zu essen.

Ein Amputierter verliert niemals das Gefühl in dem verlorenen Glied. Meine Finger, die nicht mehr da waren, juckten. Ich bog die linke Schulter zurück, um nicht mit dem rechten Ellenbogen an scharfe Kanten zu stoßen. Ich griff reflexartig mit der rechten Hand nach Dingen und fluchte, weil ich sie nicht erreichen konnte.

Owen war bei mir geblieben, obgleich seine Reserven allmählich erschöpft sein mußten. Ich hatte ihm nicht angeboten, meinen Drittel-Anteil des Raumschiffs zu kaufen, und er hatte mich auch nicht darum gebeten.

Da war ein Mädchen. Ihren Namen habe ich längst vergessen. Eines Abends war ich in ihrer Wohnung und wartete, daß sie sich fertig machte – wir wollten zu einer Party – und ich bemerkte eine Nagelfeile, die sie auf dem Tisch liegengelassen hatte. Ich griff danach und wollte mir gerade die Nägel feilen, als mir einfiel, daß ich ja keine Nägel zum Feilen mehr hatte. Wütend warf ich die Feile auf den Tisch zurück, aber sie rutschte über die Tischkante.

Wie ein Idiot versuchte ich, sie mit der *rechten* Hand aufzufangen, bevor sie zu Boden fiel.

Und ich fing sie!

Ich hatte nie geglaubt, psychische Kräfte zu besitzen. Man muß dazu die richtigen Voraussetzungen mitbringen. Aber wer hatte jemals bessere Voraussetzungen mitgebracht als ich? Ein ganzer Teil meines Gehirns war dafür vorgesehen, die Nerven und Muskeln meines rechten Arms zu steuern. Aber ich hatte keinen rechten Arm mehr.

Ich hielt die Nagelfeile in meiner imaginären rechten Hand. Ich fühlte die Feile, genau so wie ich fühlte, daß die Nägel der verlorenen Hand zu lang geworden waren. Ich fuhr mit dem Daumen über die rauhe Fläche der Feile, drehte sie zwischen meinen Fingern.

Telekinese zum Heben, ESP zum Betasten.

»Geschafft«, sagte Owens am nächsten Tag. »Das ist alles, was wir brauchen. Einen neuen Mann und dich mit deinen Psi-Kräften. Du mußt jetzt nur üben, damit wir sehen, wieviel zu heben kannst. Ich suche inzwischen einen lebensmüden Trottel, der mit uns fliegen will.«

»Er muß sich mit einem Sechstel Profit begnügen«, sagte ich. »Cubes Witwe muß ja auch ihren Anteil haben.«

»Keine Sorge. Ich werde das schon deichseln.«

»Keine Sorge!« Ich deutete mit einem Bleistiftstummel auf ihn. Selbst in der schwachen Ceres-Gravität war das das

Schwerste, was ich mit meinem imaginären Arm heben konnte. Damals jedenfalls. »Glaubst du wirklich, daß Telekinese und ESP einen wirklichen Arm ersetzen können?«

»Es ist sogar besser als ein wirklicher Arm. Warte nur ab. Du kannst damit durch deinen Raumanzug greifen, ohne Druck zu verlieren. Welcher Raumfahrer kann das schon?«

»Du hast gut reden.«

»Was willst du eigentlich, Gil? Erwartest du, daß dir jemand deinen Arm zurückgibt? Du hast ihn für immer verloren. Und zwar durch deine eigene Dummheit. Du hast jetzt die Wahl: Willst du mit deinem imaginären Arm fliegen, oder willst du zur Erde zurück?«

»Ich kann nicht zurück. Ich habe das Fahrgeld nicht.«

»Also?«

»Okay. Okay. Such uns einen dritten Mann. Einen Trottel, auf den mein imaginärer Arm Eindruck macht.«

Ich nuckelte nachdenklich an meinem zweiten Luau-Grog. Inzwischen waren alle Tische besetzt, und vor der Bar formierte sich eine zweite Reihe von Gästen. Das Stimmengewirr war ein monotones, hypnotisches Geräusch.

Cocktailstunde.

... Er hatte es wirklich gedeichselt. Unter Hinweis auf meinen imaginären Arm hatte er einen Jungen namens Homer Chandrasekhar dazu gebracht, mitzumachen.

Und er hatte auch recht, was meinen Arm betraf.

Andere Menschen, die meine Gabe besitzen, haben eine viel größere Reichweite als ich und bewegen Gegenstände, die mehr als einen Erdradius entfernt sind, denn meine recht schwerfällige und etwas pedantische Vorstellungskraft beschränkt sich auf den Aktionsradius eines normalen Arms. Dafür ist mein ESP-Tastsinn überaus empfindlich, viel zuverlässiger als der einer normalen Hand. Mit der Zeit konnte ich auch größere Gewichte bewegen. Heute kann ich bei Erdanziehung ein volles Schnapsglas heben.

Ich stellte fest, daß ich wirklich durch eine Kabinenwand reichen und nach Brüchen in den dahinterliegenden Leitungen suchen konnte. Im Raum konnte ich den Staub außen von der Sichtplatte meines Helms wischen. In den Häfen führte ich Zaubertricks vor.

Ich fühlte mich kaum noch als Krüppel. Und alles war nur Owens Verdienst. Nach sechs Monaten Schürfarbeit hatte ich meine Krankenhausrechnung bezahlt, mein Rückfahrticket zur Erde in der Tasche und noch eine erkleckliche Summe übrig.

»Verdammt noch mal!« explodierte Owen, als ich es ihm sagte, »warum denn ausgerechnet zur Erde?«

»Weil ich meine UN-Staatsbürgerschaft zurückhaben will. Als Staatsbürger der Vereinten Nationen transplantiert man mir einen neuen Arm. Und das gratis!«

»Ja, das stimmt«, murmelte er und blickte mich zweifelnd an.

Im Asteroidengürtel gab es zwar auch Organdepots, doch hatten sie nie genügend Vorrat. Die Gürtelleute verschenken nichts. Und die Regierung des Asteroidengürtels erst recht nicht. Sie schraubte die Preise für Transplantationen so hoch wie nur möglich und hielt damit die Nachfrage in Grenzen. Und sie sparte dabei Steuergelder.

Im Asteroidengürtel müßte ich den neuen Arm selbst bezahlen. Und dazu hatte ich kein Geld. Auf der Erde gab es die Spezialversicherung und ein riesiges Angebot von menschlichen Ersatzorganen.

Ich hatte das getan, was Owen für unmöglich gehalten hatte: Ich hatte jemanden gefunden, der mir meinen verlorenen Arm zurückgeben würde.

Ich habe mich oft gefragt, ob Owen mir diesen Entschluß übelnahm. Gesprochen hat er nie darüber, aber Homer Chandrasekhar hat mir schließlich seine Meinung gesagt: Ein echter Gürtelmann hätte sich entweder den neuen Arm verdient oder auf ihn verzichtet. Niemals hätte er Wohltätigkeit akzeptiert.

Hatte Owen deshalb nicht versucht, mich zu erreichen?

Ich schüttelte den Kopf. Das war unwahrscheinlich.

Die Bar drehte sich weiter, als ich schon aufgehört hatte, den Kopf zu schütteln. Ich hatte genug. Jedenfalls für jetzt. Ich trank meinen dritten Grog aus und bestellte das Abendessen.

Nach dem Essen war ich wieder nüchtern genug, um weitermachen zu können. Es war etwas erschreckend, als ich bemerkte, daß ich die ganze Zeit nichts getan hatte als mir die Jahre meiner Freundschaft mit Owen ins Gedächtnis zurückzurufen. Ich war drei Jahre lang mit ihm zusammen gewesen. Aber mir kam es vor wie ein halbes Leben. Und das war es auch gewesen. Die Hälfte meines sechs Jahre langen Lebens unter den Gürtelleuten.

Ich bestellte mir einen Kaffee-Grog und sah zu, wie der Mann ihn mixte: heißen Milchkaffee mit Zimt und fremdartigen Gewürzen, dazu hochprozentigen Rum, der mit blauer Flamme brannte. Kaffee-Grog war einer der wenigen Spezialdrinks, die noch von einem menschlichen Mixer zubereitet wurden, und das war der einzige Grund, warum sie den Mann beschäftigten.

Zweite Phase des zeremoniellen Besäufnisses: Versaufe die Hälfte deiner Barschaft im großen Stil.

Aber ich rief Ordaz an, bevor ich den ersten Schluck des Drinks nahm.

»Mr. Hamilton? Ich wollte gerade nach Hause gehen.«

Ordaz blickte mich von dem Bildschirm des Viseo-Telefons herab mit unverhohlener Mißbilligung an. »Ich sehe, Sie haben getrunken. Sie sollten vielleicht lieber nach Hause gehen und mich morgen anrufen.«

Ich war schockiert. »Wissen Sie denn *überhaupt nichts* von den Bräuchen des Asteroidengürtels?«

»Ich verstehe nicht.«

Ich erklärte ihm den Brauch des zeremoniellen Besäufnisses. »Wissen Sie, Ordaz, wenn Sie so wenig über die Bräuche der Gürtelleute wissen, sollten wir uns einmal ausführlich darüber unterhalten. Und zwar bald. Sonst könnte Ihnen eine Menge entgehen.«

»Da könnten Sie recht haben. Wir könnten uns morgen Mittag treffen. Gehen wir zusammen essen?«

»Einverstanden. Was haben Sie bisher erfahren?«

»Eine ganze Menge, aber nichts, was uns weiterhilft. Ihr Freund ist vor zwei Monaten auf der Erde gelandet. Mit der *Pillar of Fire,* die in Outback Field in Australien stationiert ist. Er trug schon einen irdischen Haarschnitt. Von dort aus ...«

»Komisch. Es dauert doch mindestens zwei Monate, bis das Haar so lang ist.«

»Das ist sogar mir aufgefallen. Soviel ich gehört habe, rasiert sich ein Gürtelmann den Kopf kahl, bis auf einen fünf Zentimeter breiten Streifen, der vom Nacken bis in die Stirn läuft.«

»Ja. Sie nennen es auch den Streifenschnitt. Der ist wahrscheinlich aufgekommen, als irgend jemand erkannte, daß man länger lebt, wenn einem bei einem schwierigen Landemanöver das Haar nicht in die Augen fällt. Aber Owen hätte sein Haar bei einem Einzelunternehmen wachsen lassen können, ohne daß es jemand merkte.«

»Trotzdem, irgendwie kommt mir die Sache merkwürdig vor. Haben Sie gewußt, daß Mr. Jennison einen Vetter hier auf der Erde hat? Ein gewisser Harvey Peele. Manager einer Supermarkt-Kette.«

»Also war ich nicht sein nächster Angehöriger. Nicht einmal auf der Erde.«

»Mr. Jennison hat sich nicht mit ihm in Verbindung gesetzt.«

»Sonst noch was?«

»Ich habe mit dem Mann gesprochen, der Mr. Jennison den Schädeltrafo mit Stecker verkauft hat. Kenneth Graham ist Besitzer eines Verkaufsbüros und chirurgischen Salons in der Gayley-Street in West Los Angeles. Graham behauptet, daß der Blitzer ein Standardtyp war, den Ihr Freund eigenmächtig verändert haben muß.«

»Glauben Sie ihm das?«

»Im Moment bleibt mir nichts anderes übrig. Seine Lizenzen und seine Dossiers sind in Ordnung. Der Schädeltrafo ist mit Hilfe eines Lötkolbens verändert worden, einem Amateurwerkzeug also.«

»So ist das.«

»Für die Polizei ist der Fall wahrscheinlich erledigt, sobald wir das Werkzeug finden, das Mr. Jennison benutzt hat.«

»Ich mache Ihnen einen Vorschlag: Ich werde morgen ein Telegramm an Homer Chandrasekhar senden. Vielleicht kann er uns ein paar Fragen beantworten – warum Owen ohne

Streifenhaarschnitt angekommen, warum er überhaupt auf der Erde gelandet ist.«

Ordaz zuckte mit den Achseln. Er dankte mir für den Anruf und legte auf.

Der Kaffee-Grog war noch heiß. Ich nahm einen tiefen Schluck, genoß seine bittersüße Schärfe und versuchte, den toten Owen zu vergessen und mich an den lebenden zu erinnern. Er war immer ein bißchen zu dick gewesen, doch er hatte niemals auch nur ein Pfund zu- oder abgenommen. Und er war schnell wie ein Windhund, wenn es sein mußte.

Und jetzt war er ausgemergelt und hager, und sein Grinsen war noch im Tod voll obszöner Lust.

Ich bestellte einen zweiten Kaffee-Grog. Der Mixer, ein perfekter Showman, versicherte sich, daß ich ihm aufmerksam zusah, bevor er den erhitzten Rum anzündete und ihn dann brennend aus dreißig Zentimetern Höhe ins Glas goß. Diesen Drink kann man nicht langsam trinken. Dazu schmeckt er zu gut, und dann könnte er ja auch kalt werden, wenn man zu lange wartet, und das wäre eine Sünde.

Rum und heißer Kaffee. Noch zwei von diesem Kaliber, und ich würde für Stunden hellwach betrunken sein.

Um Mitternacht war ich in der Mars-Bar und bei Scotch und Soda angelangt. Inzwischen war ich von einer Bar in die andere geschwankt. Irish Coffee bei ›Bergins‹, eiskalte und glühendheiße Mixturen im ›Moon Pool‹, Scotch und heiße Musik im ›Jenseits‹. Ich konnte nicht richtig betrunken werden, und ich fand auch nicht die richtige Stimmung. Eine Schranke lag zwischen mir und dem Bild, das ich zu rekonstruieren versuchte.

Die Schranke war der letzte Anblick Owens, grinsend in einem Sessel sitzend, mit einem Steckkontakt im Schädel und einem angeschlossenen Stromkabel.

Diesen Owen kannte ich nicht. Ich war ihm nie und nimmer begegnet, und ich wollte ihm auch niemals begegnen. Von einer Bar zur anderen, von einem Nightclub zum nächsten hatte ich von diesem Anblick zu fliehen versucht und gehofft, daß der Alkohol die Schranke zwischen Gegenwart und Vergangenheit wegschwemmen würde.

So saß ich also an einem Ecktisch, umgeben von dreidimensionalen Bildern eines unmöglichen Mars. Kristalltürme und lange, gerade, blaue Kanäle; sechsbeinige Wesen und unmöglich schlanke Männer und Frauen blickten mich aus einer unwahrscheinlichen Landschaft heraus an. Hätte Owen das komisch oder traurig gefunden? Er war auf dem Mars gewesen, und der Besuch hatte ihn nicht sehr beeindruckt.

Ich hatte jetzt den Zustand erreicht, wo einem das Zeitgefühl abhanden kommt, wo sich Sekunden oder Minuten zwischen die Phasen schieben, an die man sich erinnern kann. Irgendwann in dieser Periode starrte ich verblüfft auf eine brennende Zigarette. Ich mußte sie gerade angezündet haben, denn sie hatte noch fast ihre ganze, ursprüngliche Länge von 200 Millimetern. Vielleicht hatte sie mir auch ein Kellner angezündet, ohne daß ich es bemerkt hatte. Auf jeden Fall war sie da, die Zigarette, glimmend zwischen Zeige- und Mittelfinger.

Ich starrte auf die Glut, und jetzt endlich kam ich in die richtige Stimmung. Ich war völlig ruhig. Ich ließ mich treiben, verloren in der Zeit ...

... Auf unserem ersten Trip nach dem Unfall waren wir zwei Monate lang zwischen den Asteroiden herumgeflogen. Als wir nach Ceres zurückkehrten, brachten wir eine Ladung Gold mit, 50 % pur, bestes Material für rostfreie Leitungen und Konduktorplatten. Als es dunkel wurde, begannen wir den Erfolg zu feiern.

Wir schlenderten am Stadtrand entlang. Rechts von uns blinkten Neonlichter, links ragte eine halb abgeschmolzene Felsklippe auf. Die Sterne funkelten durch den Glasdom, der die Stadt überdachte.

Homer Chandrasekhar war übermütig wie ein kleiner Junge. Seine erste Reise fand an diesem Abend der Heimkehr ihren Höhepunkt.

»Gegen Mitternacht werden wir uns trennen müssen«, sagte er. Er brauchte uns nicht zu erklären warum. Drei Männer zusammen können natürlich auch drei Einzelpiloten sein, aber in der Regel sind sie eine Mannschaft aus Raumfahrern, von denen keiner eine Einzellizenz hat, weil sie zu dumm oder zu unerfahren sind. Und wenn wir in dieser Nacht Gesellschaft haben wollten . . .

»Das solltest du dir noch einmal überlegen«, sagte Owen mit einem Blick auf mich.

Ich sah, wie Homer zusammenfuhr und auf meine armlose rechte Schulter blickte, und ich schämte mich. Ich brauchte das Mitleid meiner Kameraden nicht, und als Krüppel würde ich sie nur stören.

Aber bevor ich ihnen das sagen konnte, fuhr Owen fort: »Denk doch einmal nach. Wir haben eine Attraktion bei uns, auf die nur ein Schwachkopf verzichten würde. – Gil, heb deine Zigarette auf. Nein, nicht mit der linken Hand . . .«

Ich war betrunken, herrlich betrunken, und ich fühlte mich unsterblich. Die ätherischen Marsmenschen an den Wänden schienen sich zu bewegen, und die Wände waren Panoramafenster, die den Blick auf einen Mars freigaben, den es nie gab. Zum erstenmal in dieser Nacht erhob ich mein Glas zu einem Toast.

»Für Owen. Von Gil dem Arm. Danke.«

Ich nahm die brennende Zigarette in meine imaginäre Hand.

Sie stellen sich wahrscheinlich vor, daß ich sie nun elegant zwischen meinen imaginären Fingern hielt. Das geht den meisten Menschen so. Aber es stimmt nicht. Ich hielt die Zigarette vielmehr ziemlich tolpatschig in der Faust. Die Glut konnte mir natürlich nichts anhaben, doch kam es mir vor, als müßte ich einen Bleibarren in der ausgestreckten Hand halten.

Ich stützte meinen imaginären Ellbogen auf die Tischplatte, und das schien das Gewicht etwas zu vermindern – das ist natürlich lächerlich, aber es hilft. Eigentlich hatte ich angenommen, daß mein imaginärer Arm wieder verschwinden würde, nachdem mir ein Transplantat gemacht worden war. Aber ich stellte fest, daß ich mich von meinem neuen Arm ablenken und nach wie vor kleine Gegenstände in meiner imaginären Hand halten und mit meinen unsichtbaren Fingerspitzen fühlen konnte.

Damals, in der Nacht auf Cres, tauften sie mich ›Gil den

Arm‹. Es begann mit einer schwebenden Zigarette. Owen hatte recht behalten. Zum Schluß starrten alle Menschen in der Bar auf die schwebende Zigarette, die ein einarmiger Mann rauchte. Alles, was ich noch zu tun hatte, war, das hübscheste Mädchen in dem Laden zu finden und mich an sie heranzumachen.

In jener Nacht war ich der Mittelpunkt der größten spontanen Party, die je auf Ceres gefeiert worden war. Ich hatte den Zigarettentrick dreimal vorgeführt, so daß jeder von uns sein Mädchen hatte. Aber das dritte Mädchen war schon in Begleitung, und der Knabe feierte irgend etwas; er hatte irgendein Patent an eine Industriefirma der Erde verkauft. Er warf mit Geld um sich, als hole er nur Konfetti aus der Tasche. Wir erlaubten ihm, dabeizubleiben. Ich führte ein paar andere Tricks vor: ich griff mit ESP-Fingern in einen verschlossenen Kasten und sagte den Leuten, was darin war, und als ich fertig war, hatten sie alle Tische zusammengeschoben, und ich war der Mittelpunkt, zusammen mit Homer und Owen und drei Mädchen. Dann begannen wir, alte Lieder zu singen, und der Barmixer setzte sich zu uns, und plötzlich ging alles auf Rechnung des Hauses.

Schließlich fanden sich zwanzig von uns im Landhaus des Ersten Sprechers der Asteroidenregierung wieder. Die Polizei hatte vorher versucht, die Party gewaltsam zu beenden, aber der Sprecher hatte sie erst sehr grob angefahren, sich dann aber entschuldigt und sie auch eingeladen ...

Seit jenem Abend benutze ich meine telekinetischen Fähigkeiten, wenn ich eine Zigarette rauche und wenn ich in der richtigen Stimmung bin.

Auf der anderen Seite der Mars-Bar saß ein Mädchen in pfirsichfarbenem Kleid. Sie hielt das Kinn in die Hand gestützt und sah mir aufmerksam zu.

Ich stand auf und ging zu ihr hinüber.

Mein Kopf war in Ordnung. Das war das erste, was mir auffiel, als ich aufwachte. Anscheinend hatte ich daran gedacht, meine Katertablette zu nehmen.

Ein Bein lag über meinem Knie. Das war nett, obwohl der Druck meinen Fuß hatte einschlafen lassen. Duftendes, schwarzes Haar auf meinem Gesicht. Ich rührte mich nicht. Sie sollte nicht wissen, daß ich schon wach war.

Es ist verdammt peinlich, wenn man neben einem Mädchen aufwacht und sich nicht an ihren Namen erinnern kann.

Mal überlegen. Ein pfirsichfarbenes Kleid hing an der Türklinke ... Ich erinnerte mich, in der letzten Nacht von einer Bar zur anderen gezogen zu sein. Das Mädchen in der Mars-Bar! Dann ein Puppentheater, Musik jeder Art. Ich hatte von Owen gesprochen, und sie hatte mich von dem Thema abgelenkt, weil es sie traurig machte. Und dann ...

Hah! Jetzt hatte ich's! Taffy hieß sie! Den Familiennamen hatte ich vergessen.

»Guten Morgen«, sagte ich.

»Guten Morgen«, sagte sie. »Nicht bewegen. Wir sind irgendwie ineinander verhakt.«

Sogar im nüchternen Morgenlicht war sie hübsch. Langes, schwarzes Haar, braune Augen, cremefarbene, ungebräunte Haut. Es gehörte schon etwas dazu, am Morgen so wunderbar auszusehen, und ich sagte es ihr, und sie lächelte.

Mein Unterschenkel schien aus Holz zu sein, und dann stach es wie mit Stecknadeln, als die Blutzirkulation zurückkehrte, und ich schnitt Grimassen, bis es vorbei war. Während wir uns anzogen, sagte Taffy: »Diese unsichtbare Hand ist wirklich einsame Klasse. Du hast mich mit zwei Armen an dich gedrückt und mit der dritten Hand den Rücken gestreichelt. Wirklich *sehr* hübsch. Es erinnert mich an eine Story von Fritz Leiber.«

»Ich weiß. ›Der Wanderer‹. Das Panther-Mädchen.«

»Hmmm. – Wie viele Mädchen hast du mit dem Zigarettentrick schon eingefangen?«

»Noch keines, das so hübsch war wie du.«

»Und wie vielen Mädchen hast du das schon gesagt?«

»Das weiß ich nicht mehr. Bis jetzt hat's immer geklappt. Aber bei dir ist es etwas anderes.«

Wir lächelten einander an.

Eine Minute später blickte sie mich prüfend an.

»Was ist?«

»Ich habe nur nachgedacht. Du hast dich gestern nacht

richtig vollaufen lassen. Ich hoffe nur, daß du nicht immer so viel trinkst.«

»Warum? Machst du dir etwa Sorgen um mich?«

Sie wurde rot. Dann nickte sie.

»Ich hätte es dir sagen sollen. Vielleicht habe ich es dir auch gesagt, letzte Nacht. Es war ein zeremonielles Besäufnis. Wenn ein guter Freund stirbt, ist man verpflichtet, sich randvoll laufen zu lassen.«

Das schien sie zu erleichtern. »Ich wollte mich nicht . . .«

»In meine Privatangelegenheiten mischen? Warum denn nicht? Das ist doch dein gutes Recht. Ich mag nun einmal . . .« *Mütterliche Frauen,* hatte ich sagen wollen, aber ich brachte es nicht heraus. »Ich mag Menschen, die sich Sorgen um mich machen.«

Taffy zog einen kompliziert aussehenden Kamm aus ihrer Handtasche. Nach ein paar Strichen war sie frisiert. Statische Elektrizität?

»Es war ein gutes Besäufnis«, sagte ich. »Owen kann stolz darauf sein. Und damit ist die Trauer um ihn vorbei. Ein Besäufnis und . . .«, ich spreizte die Hände. »Aus.«

»Kein schlechter Tod«, sagte Taffy nachdenklich. »Durch Stromstimulans meine ich. Wenn man schon abtreten muß . . .«

»Hör auf!« Ich weiß nicht, warum ich plötzlich so wütend war.

Owen, ein grinsendes Skelett in einem Sessel. Ich sah seine Leiche plötzlich ganz nah vor mir. Ich hatte mich zu lange gegen dieses Bild gewehrt. »Von einer Brücke zu springen sollte reichen, meine ich«, sagte ich wütend. »Einen Monat lang zu sterben, während dir der Strom das Gehirn ausbrennt, ist eine grauenhafte Vorstellung.«

Taffy war verletzt und verwirrt. »Aber dein Freund hat's doch getan, nicht wahr? Nach deinen Schilderungen war er alles andere als ein Schwächling.«

»Quatsch«, sagte ich. »Er hat's nicht getan. Er wurde . . .«

Das war es! Ich mußte es schon gewußt haben, als ich betrunken war oder schlief. Natürlich hatte er sich nicht selbst umgebracht. Das paßte nicht zu Owen. Niemals! Owen wäre nie stromsüchtig geworden. Jeder, aber nicht Owen.

»Er ist ermordet worden«, sagte ich. Warum hatte ich das nicht früher erkannt! Ich griff nach dem Telefon.

»Guten Morgen, Mr. Hamilton.« Polizei-Inspektor Odraz sah sehr frisch und sauber aus. Mir fiel plötzlich ein, daß ich mich noch nicht rasiert hatte. »Ich sehe, Sie haben daran gedacht, Ihre Katertabletten einzunehmen.«

»Stimmt. – Ordaz, haben Sie schon daran gedacht, daß Owen ermordet worden sein könnte?«

»Natürlich. Aber das ist unmöglich.«

»Ich glaube doch. Nehmen wir einmal an, er hat ...«

»Mr. Hamilton.«

»Ja?«

»Wir haben eine Verabredung zum Mittagessen. Wollen wir unser Gespräch nicht bis dahin aufschieben? Holen Sie mich um zwölf Uhr im Hauptquartier ab.«

»Einverstanden. Da ist noch eine Sache, um die Sie sich heute vormittag kümmern könnten. Prüfen Sie nach, ob Owen eine Nudistenerlaubnis beantragt hat.«

»Halten Sie das für möglich?«

»Ja. Den Grund sage ich Ihnen später.«

»In Ordnung.«

»Legen Sie noch nicht auf! Sie haben gestern gesagt, Sie hätten den Mann gefunden, der Owen den Schädeltrafo verkauft hat. Wie war doch sein Name?«

»Kenneth Graham.«

»Das habe ich mir gedacht.« Ich hängte ein.

Taffy tippte mir auf die Schulter. »Glaubst du wirklich, daß er vielleicht ... ermordet worden ist?«

»Ja. Es kam darauf an, daß er nicht in der Lage war, sich zu ...«

»Nicht! – Ich will nichts davon hören.«

Ich wandte mich um und sah sie an. Sie wollte wirklich nichts davon hören. Das Reden vom Tod eines ihr völlig fremden Menschen verursachte ihr physische Übelkeit.

»Schon gut. Ich weiß, es ist der Gipfel der Unhöflichkeit, wenn ich dich nicht wenigstens zum Frühstück zu bleiben bitte. Aber ich muß diese Sache sofort in Angriff nehmen. Soll ich dir ein Taxi bestellen?«

Als das Taxi kam, steckte ich eine Zehn-Mark-Münze in

den Steuerautomaten und half ihr beim Einsteigen. Bevor sie abfuhr, gab sie mir ihre Adresse.

Das UNP-Hauptquartier zeigte die übliche Vormittagsgeschäftigkeit. Ein paar Leute grüßten mich, und ich erwiderte ihre Grüße, ohne mich aufzuhalten und ein paar Worte mit ihnen zu wechseln. Wenn's was Wichtiges gab, würde ich es ohnehin irgendwann erfahren.

Als ich an Julies Büro vorbeiging, warf ich einen Blick hinein. Sie war bereits an der Arbeit. Sie lag ausgestreckt auf ihrer Konturcouch und machte mit geschlossenen Augen flüchtige Notizen.

Kenneth Graham.

Den größten Teil meines Schreibtisches nahm der Computeranschluß ein, der mit dem Zentralcomputer im Keller verbunden war. Ich hatte mehrere Monate gebraucht, bis ich mit der Anlage umgehen konnte. Zuerst tippte ich meine Bestellung ein: Kaffee und Brötchen, und dann:

AN AUSKUNFTSKARTEI: KENNETH GRAHAM. KLEINE LIZENZ FÜR CHIRURGIE, GROSSE LIZENZ FÜR DEN VERTRIEB VON ELEKTRISCHEN STIMULATIONSGERÄTEN. ADRESSE: WEST LOS ANGELES.

Sekunden später ratterte die Antwort aus dem Drucker. Meterweise ergoß sich engbedrucktes Papier über meinen Schreibtisch. Ich brauchte nicht zu lesen. Ich sah mit einem Blick, daß ich recht haben mußte.

Neue Technologien schaffen neue Gewohnheiten, neue Verhaltensweisen, neue Gesetze, neue Verbrechen. Fast die Hälfte der Arbeit der United Nations Police, der UNP, betraf die Bekämpfung eines Verbrechens, das vor einem Jahrhundert noch unbekannt gewesen war.

Organschmuggel war ein Verbrechen, das aus dem Fortschritt tausendjähriger medizinischer Forschung erwachsen war, aus Millionen von Leben, die sich der Heilung von Krankheiten gewidmet hatten. Wissenschaftlicher Fortschritt hatte diese Ideale Wirklichkeit werden lassen und, wie üblich, neue Probleme geschaffen.

Im Jahr 1900 hatte Karl Landsteiner das menschliche Blut in vier Gruppen klassifiziert und damit dem Kranken die erste rechte Chance gegeben, eine Bluttransfusion zu überleben. Die Technologie der Organtransplantation hatte sich im Lauf des 20. Jahrhunderts entwickelt. Kompletter Blutaustausch war vorgenommen worden; Knochen, Haut, Nieren und Herzen wurden von einem Körper in den anderen transplantiert. Organspender hatten im Lauf von hundert Jahren Zehntausende von Leben gerettet, indem sie ihre Körper nach ihrem Tod der Medizin überließen.

Aber die Zahl der Spender war zu niedrig, und nicht viele von ihnen waren bei ihrem Tod noch jung und gesund genug, um verwertbare Organe zu hinterlassen.

Die große Nachfrage hatte vor etwa hundert Jahren eingesetzt. Ein gesunder Spender (aber solche gab es selten) konnte ein Dutzend Leben retten. Warum, so fragte man sich, sollte ein verurteilter Mörder einen nutzlosen Tod sterben? Neue Gesetze wurden geschaffen, erst von einigen wenigen Staaten, dann von der Mehrzahl der Nationen. Zum Tode verurteilte Mörder wurden nur noch in Kliniken exekutiert, wo Chirurgen alle verwertbaren Organe für die Organbänke herausoperieren konnten.

Die Milliarden der Erde wollten leben, und die Organbänke waren das Leben selbst. Ein Mensch konnte ewig leben, solange die Ärzte ihm Ersatzteile für die eigenen, abgenutzten Organe liefern und einpflanzen konnten. Aber das konnten sie nur tun, solange genug Ersatzteile in den Organbänken der Welt zur Verfügung standen.

Es wurde plötzlich still um die regionalen humanitären Bestrebungen zur Abschaffung der Todesstrafe, die Anträge verschwanden diskret und auf Nimmerwiedersehen in den Schubladen. Schließlich wird jeder Mensch einmal krank . . .

Trotzdem herrschte in den Kliniken ständig Mangel an Organen. Die Nachfrage wuchs. Immer noch mußten Menschen sterben, weil es nicht genügend Ersatzorgane gab, mit denen man sie hätte retten können. Die Gesetzgeber der Welt beugten sich aus wahltaktischen Gründen dem wachsenden Druck der Bevölkerung. Die Todesstrafe blieb oder wurde wieder eingeführt für Mord, bald auch für Totschlag verhängt und sogar für Körperverletzung mit tödlichem Ausgang, schließlich auch für bewaffneten Überfall, dann für eine Unzahl anderer Verbrechen: Vergewaltigung, Betrug, Unterschlagung, das Zeugen von Kindern ohne behördliche Genehmigung, wiederholte Verstöße gegen die Gesetze des unlauteren Wettbewerbs. Nahezu ein ganzes Jahrhundert lang hielt diese Tendenz an, ein Versuch der Wähler dieser Welt, sich das ewige Leben zu sichern.

Doch selbst heute gibt es noch nicht genügend Organe für alle Transplantationswünsche. Eine Frau mit einem Nierenleiden muß vielleicht ein Jahr warten, bevor ihr eine neue Niere eingesetzt werden kann: eine gesunde Niere, die nun für den Rest ihres Lebens ausreichen muß. Ein fünfunddreißigjähriger Herzpatient muß mit dem Herzen eines Fünfundvierzigjährgen leben, mit einem verbrauchten Lungenflügel, dem Teil einer Leber, gar mit Prothesen, die sich zu rasch abnutzen, die zu schwer sind oder zu wenig leistungsfähig ... es gab einfach nicht genügend Verbrecher. Kein Wunder. Die Todesstrafe *war* jetzt eine Abschreckung. Die Menschen hatten Angst, im Spenderraum einer Klinik zu enden.

Wenn man also das kranke digestive System *sofort* ersetzen, wenn man ein *junges* Herz haben wollte, oder eine ganze Leber, um die eigene, vom Alkohol zerstörte zu ersetzen, dann mußte man zu einem Organschmuggler gehen.

Das Geschäft des Organschmuggelns hat vor allem drei Aspekte.

Der erste ist die Beschaffung, das heißt: Entführung und Mord. Ein riskantes Unternehmen. Aber man kann die Organbänke nicht mit Freiwilligen auffüllen. Und die Exekution verurteilter Verbrecher ist ein Regierungsmonopol. Also muß man sich einen Organspender *greifen*: auf überfüllten Rollsteigen der Städte, auf den Flughäfen, als Opfer einer Wagenpanne auf einsamen Autobahnrastplätzen ... überall.

Der Vertrieb ungesetzlich erworbener Organe ist nicht weniger riskant, weil selbst ein Todkranker manchmal vom Gewissen geplagt wird. Er kauft zwar das zu transplantierende Organ, geht aber dann zur UNP, und heilt so seine Krankheit und auch sein empfindliches Gewissen, indem er die ganze Schmugglerbande ans Messer liefert. So ist man gezwungen, den Verkauf möglichst anonym abzuwickeln. Aber da es in diesem Gewerbe kaum zu Wiederholungskäufen kommt, spielt das keine Rolle.

Der dritte ist der technische und medizinische Aspekt. Er ist vielleicht der ungefährlichste Teil des Unternehmens. Der benötigte Operationsraum muß zwar ziemlich geräumig sein, andererseits aber kann man ihn überall einrichten. Man wartet auf die ›Spender‹, die noch in lebendem Zustand eintreffen, und verschickt sie in Einzelteilen: Lebern und Drüsen, und lebende Haut als Meterware, korrekt etikettiert mit Eiweißklassifikation und Hinweisen auf Abstoßreaktionen.

Das ist nicht so leicht, wie es klingt. Man braucht Ärzte. Gute Ärzte.

Und das war Lorens Gebiet. Er besaß das Monopol dafür.

Wo nahm er sie her? Das versuchten wir immer noch herauszufinden. Irgendwie hatte dieser Mann einen narrensicheren Weg gefunden, scharenweise begabte, aber skrupellose Ärzte anzuwerben. War es wirklich nur ein einzelner Mann? Alle unsere Quellen behaupteten es. Und dieser Mann kontrollierte mindestens zur Hälfte den Markt der amerikanischen Westküste.

Loren.

Es gab keine Holographien von ihm, keine Fingerabdrücke, keine Retinaabdrücke, nicht einmal eine Beschreibung. Alles, was wir von ihm wußten, war sein Name und ein paar vermutete Kontakte.

Einer davon war Kenneth Graham.

Die Holographie war ausgezeichnet. Vermutlich war sie in einem Porträtstudio gemacht worden. Kenneth Graham hatte ein langes, schottisches Gesicht, eingefallene Wangen und einen kleinen, schmallippigen Mund. Auf der Holographie bemühte er sich, gleichzeitig zu lächeln und würdig dreinzusehen. Er sah aber nur gequält aus. Sein Haar war aschblond und kurz geschnitten. Die Brauen über den hellgrauen Augen waren so farblos, daß sie fast unsichtbar waren.

Mein Frühstück kam. Ich biß in ein Brötchen und stellte fest, daß ich hungriger war, als ich angenommen hatte.

Der Computer hatte eine ganze Reihe von Holographien auf Band aufgenommen. Ich ließ sie ziemlich rasch über den

Bildschirm laufen, mit der einen Hand essend, mit der anderen die Bildfolge bedienend. Ein paar von den Bildern waren unscharf, vermutlich mit einem Überwachungslaser durch das Fenster von Grahams Geschäft aufgenommen. Keines der Bilder war in irgendeiner Weise belastend. Aber Graham zeigte auf keinem ein Lächeln.

Seit zwölf Jahren verkaufte er den Leuten elektrische Lust.

Ein Stromsüchtiger hat gegenüber seinem Lieferanten einen entscheidenden Vorteil. Strom ist billig. Bei Drogen kann der Lieferant jederzeit den Preis erhöhen. Bei Elektrizität ist das nicht möglich. Sie brauchen den Lust-Händler nur ein einziges Mal aufzusuchen – wenn er Ihnen die Operation macht und den Blitzer einsetzt – und dann nie wieder.

Und niemand kann durch Zufall oder Verführung stromsüchtig werden. Stromsucht setzt eine gewisse Aufrichtigkeit voraus. Der Kunde weiß immer vorher, auf was er sich einläßt, was ihm bevorsteht – und was ihn erwartet.

Trotzdem, es gehört eine Portion Kaltschnäuzigkeit dazu, sich mit dem Implantieren von Blitzern sein Brot zu verdienen wie Kenneth Graham. Andernfalls müßte er seine Kunden von der Tür weisen. Niemand verfällt diesem Laster allmählich. Er entscheidet sich aus freien Stücken dafür und zahlt für die Operation, bevor er die Wirkung kennengelernt hat. Jeder von Kenneth Grahams Kunden hatte seinen Laden erst betreten, nachdem er den Entschluß gefaßt hatte, aus der menschlichen Gesellschaft auszutreten.

Welch ein endloser Strom von Hoffnungslosen und Verzweifelten mußte durch Grahams Laden passiert sein! Er mußte doch jede Nacht Alpträume davon haben. Und wenn Kenneth Graham trotzdem ruhig schlafen konnte, dann ...

Dann war es kein Wunder, wenn er zum Organschmuggler geworden war.

Für dieses Gewerbe befand er sich auch in einer einzigartig günstigen Situation. Verzweiflung ist das charakteristische Symptom des angehenden Stromsüchtigen: der Unbekannten, der Ungeliebten, der Menschen, die niemand kannte, die niemand brauchte, die niemand vermissen würde, und diese Menschen traten todsicher eines Tages in Grahams Laden. Todsicher?

Wer würde es bemerken, wenn ein paar davon nicht wieder herauskamen?

Ich ließ das Band rasch weiterlaufen, um festzustellen, wer mit der Überwachung Kenneth Grahams beauftragt war.

Jackson Bera. Ich rief ihn an.

»Klar«, sagte Bera, »wir haben ihn seit ungefähr drei Wochen unter einem Überwachungslaser. Aber das ist hinausgeschmissenes Geld. Entweder ist er sauber, oder jemand hat ihn gewarnt.«

»Warum hört ihr dann nicht auf?«

Bera blickte mich angewidert vom Bildschirm an. »Weil wir ihn erst seit drei Wochen beobachten. Was meinst du, wie viele Organspender er pro Jahr braucht? Zwei. Du solltest mal die Berichte darüber lesen. Reingewinn für einen einzigen Organspender ist eine Million UN-Mark. Graham kann es sich leisten, seine Opfer sehr sorgfältig auszusuchen.«

»Ja.«

»Und trotzdem war er nicht sorgfältig genug. Zumindest zwei seiner Kunden sind während des letzten Jahres verschwunden. Kunden, die Angehörige hatten. Das hat uns auf seine Spur gebracht.«

»Also könntest du ihn noch ein halbes Jahr lang beobachten, ohne daß etwas dabei herauskommt. Er wartet vielleicht nur darauf, daß der richtige Kunde seinen Laden betritt.«

»Klar, er muß für jeden Kunden eine Karteikarte anlegen. Das gibt ihm das Recht, Fragen zur Person zu stellen. Ob der Mann irgendwelche Angehörige hat, zum Beispiel. Wenn er welche hat, läßt Graham ihn laufen. Und die meisten Menschen haben Angehörige. Andererseits«, sagte Bera bedrückt, »könnte er auch wirklich sauber sein. Es kommt schon vor, daß ein Stromsüchtiger verschwindet, wenn er bei niemandem Hilfe findet und sich unauffindbar in einem Winkel verkriecht.«

»Wieso habe ich eigentlich keine Holographien von Graham gesehen, die bei ihm zu Hause aufgenommen worden sind? Ihr habt doch sicher nicht nur seinen Laden unter Beobachtung.«

Jackson Bera kratzte sich den Kopf. Haare wie schwarze Stahlwolle, lang wie der Schopf eines Buschmanns. »Natürlich beobachten wir auch seine Wohnung, aber wir können keinen Laserstrahl reinschießen. Sein Apartment liegt im Inneren des Gebäudes. Keine Fenster. Weißt du eigentlich etwas über Beobachtungslaser?«

»Nicht viel. Ich weiß nur, daß es sie schon eine ganze Weile gibt.«

»Sie sind so alt wie die Laserstrahlen. Die Sache ist ganz einfach: Du schmuggelst einen Spiegel in den Raum, den du überwachen willst. Dann richtest du einen Laserstrahl so durch ein Fenster, daß er vom Spiegel reflektiert wird. Das gebündelte Licht wird durch die Vibrationen des Spiegelglases zerlegt und gibt dir eine erstklassige Aufnahme von allem, was in dem Raum gesprochen wird. Wenn du Bilder haben willst, wird's allerdings etwas komplizierter.«

»Und wo liegen die Grenzen?«

»Wir können einen Beobachtungslaser in jeden Raum richten der ein Fenster hat. Der Strahl durchdringt die Jalousien und Vorhänge, selbst dünne Wände. Wenn wir an geeigneter Stelle eine optisch ebene Fläche haben, dann richten wir ihn sogar um die Ecke.«

»Aber ihr braucht eine Außenwand?«

»Ja.«

»Was macht Graham jetzt?«

»Einen Moment.« Beras Gesicht verschwand vom Bildschirm. »Eine Frau hat eben seinen Laden betreten. Graham spricht mit ihr. Soll ich's auf deinen Bildschirm schalten?«

»Natürlich. Und laß es an. Ich schalte von hier aus ab, wenn's mich nicht mehr interessiert.«

Der Bildschirm wurde dunkel. Und Sekunden später blickte ich in einen Raum, der wie eine Arztpraxis eingerichtet war. Wenn ich nicht gewußt hätte, daß es Grahams Laden war, hätte ich es für die Praxis eines Gynäkologen gehalten. Man sah einen bequemen, kippbaren Stuhl mit Kopf- und Beinstützen, daneben einen Instrumentenschrank, in der Ecke einen Schreibtisch. Kenneth Graham sprach mit einem unscheinbaren Mädchen, das sehr niedergedrückt schien.

Ich hörte seinen betont väterlich klingenden Versicherungen zu, wie er ihr die Freuden der Stromsucht in den schönsten Farben ausmalte. Als ich es nicht mehr länger aushalten konnte, schaltete ich den Ton ab. Das Mädchen setzte sich auf einen Stuhl, und Graham stülpte ihr irgendein Gerät über den Kopf.

Das unscheinbare Gesicht des Mädchens wurde plötzlich schön!

Glück ist Schönheit. Ein glücklicher Mensch ist schön, von innen her. Plötzlich war dieses Mädchen vollkommen glücklich, und ich sah ein, daß ich längst nicht alles über die Funktion und den Verkauf von Blitzern wußte. Anscheinend besaß Graham eine Art Induktor, mit dem er den Strom ohne Draht an jede gewünschte Stelle des Gehirns leiten konnte. Er war also in der Lage, einem angehenden Stromsüchtigen zu demonstrieren, was er erwarten konnte, noch bevor er ihm die Drähte ins Gehirn pflanzte.

Was für eine großartige Verkaufshilfe!

Graham schaltete den Strom ab. Es war, als ob er das Mädchen abgeschaltet hätte. Einen Augenblick saß sie wie betäubt, dann griff sie nach ihrer Handtasche und wühlte darin herum.

Ich konnte es nicht länger ertragen und schaltete den Bildschirm aus.

Kein Wunder, wenn Graham zum Organschmuggler geworden war. Er mußte bar jeden Mitgefühls sein, wenn er das Gerät diesem Mädchen verkaufen konnte.

Eben darin, überlegte ich, war er uns überlegen.

Er war etwas kaltschnäuziger als der Rest der Menschheit. Aber nicht viel. Jeder Wähler hatte ein wenig von einem Organschmuggler in sich. Als die Gesetzgeber die Todesstrafe für so viele Verbrechen billigten, hatten sie sich lediglich dem Wählerwillen gebeugt. Die Achtung vor dem Leben war in zunehmendem Maß geringer geworden. Die negative Seite der Transplantationstechniken. Ihre positive Seite war ein längeres Leben für viele Menschen, aber natürlich nicht für alle. Aber ein zum Tode verurteilter Verbrecher konnte ein Dutzend wertvoller Leben retten. Welcher Mensch wollte dagegen Einwände erheben?

Im Asteroidengürtel galten andere Gesetze. Dort war das Überleben eine Tugend an sich, und das Leben ein kostbares Gut. Vielleicht weil es so wenig Leben gab zwischen den sterilen Steinbrocken der Planetoiden, in der tödlichen Leere zwischen den Welten.

Also war ich auf die Erde zurückgekehrt, um mir einen neuen Arm transplantieren zu lassen.

Meine Eingabe war zwei Monate nach meiner Ankunft genehmigt worden. Warum so schnell? Später erfuhr ich, daß es in den Organbänken immer ein Überangebot an bestimmten Organen gab. Heutzutage verlieren nur noch wenige Menschen einen Arm. Ein Jahr nach der Operation erfuhr ich auch, daß der Arm, der mir transplantiert worden war, aus dem beschlagnahmten Depot eines verhafteten Organschmugglers stammte.

Das war ein schwerer Schock gewesen. Ich hatte gehofft, daß der Arm von einem hingerichteten Mörder stammte, einem Mann vielleicht, der vierzehn Krankenschwestern von einem Hausdach aus erschossen hatte. Aber dem war nicht so. Irgendein gesichtsloses, namenloses Opfer hatte das Unglück gehabt, einem Leichenfledderer zu begegnen, und ich hatte von seinem Tod profitiert.

Habe ich meinen Arm in einem Anfall von Ekel zurückgegeben? Nein. Unverständlicherweise nicht. Aber ich habe mich kurz darauf bei der United Nations Police beworben. Wenn ich schon den Arm eines Ermordeten trug, wollte ich die Komplicen seines Mörders jagen.

Dieser edle Vorsatz war jedoch während der vergangenen Jahre in einer Flut von Papierkrieg erstickt worden. Vielleicht wurde ich hartherzig, wie die meisten Flachländer – wie die *anderen* Flachländer, unter denen ich jetzt lebte, die Jahr für Jahr eine weitere Ausdehnung der Todesstrafe erzwangen. Für *Steuerhinterziehung, für das Fliegen eines Flugtransporters mit Handsteuerung über Stadtgebieten* ...

War Kenneth Graham wirklich so viel schlechter als sie?

Natürlich war er schlechter. Der Bastard hatte Owen Jennison einen Draht ins Gehirn gestoßen.

Ich mußte zwanzig Minuten warten, bevor Julie herauskam. Ich hätte ihr ein Memorandum schicken können, aber ich hatte viel Zeit an diesem Vormittag, und zu wenig Zeit, um

irgend etwas erledigen zu können, und ... ich wollte mit ihr sprechen.

»Hallo«, sagte sie, und: »Danke«, als ich ihr den Kaffee reichte. »Wie war das zeremonielle Besäufnis? Oh, ich verstehe. Hmmm ... Sehr gut. Fast poetisch.« Eine Unterhaltung mit Julie verlief immer in Abkürzungen.

Poetisch, ja. Ich erinnerte mich, daß die Erleuchtung gezündet hatte wie ein Blitz. Owens Trick mit der schwebenden Zigarette. Gab es eine bessere Art, sein Andenken zu ehren, als sich mit seinem Trick ein Mädchen zu angeln?

»Nun gut«, sagte Julie. »Aber da ist etwas, was du vielleicht übersehen hast. Wie heißt Taffy mit Familiennamen?«

»Das weiß ich nicht mehr. Sie hat es irgendwo notiert, und ...«

»Welchen Beruf hat sie?«

»Woher soll ich das wissen?«

»Wie steht's mit der Religion? Ist sie pro oder kontra? Wo ist sie aufgewachsen?«

»Verdammt noch mal ...«

»Vor einer halben Stunde hast du dir sehr selbstgerecht überlegt, wie entpersönlicht wir Flachländer seien. Alle außer dir, natürlich. Und für was hältst du Taffy eigentlich! Für einen Menschen oder für eine Stoffpuppe?« Julie stand vor mir, die Hände in die Hüften gestemmt, und blickte zu mir auf wie eine etwas zu klein geratene Lehrerin.

Wie viele verschiedene Persönlichkeiten stecken eigentlich in ihr? Einige von uns haben diesen Aspekt ihres Wächterdaseins noch gar nicht überlegt. Sie ist furchterregend – als Wächterin. Wenn sie einmal so zu einer Verabredung erscheinen würde – der betroffene Mann wäre für den Rest seines Lebens mit Impotenz geschlagen.

Aber das würde sie nie tun. Wenn eine Zurechtweisung erforderlich ist, so gibt Julie sie am hellen Tage. Das trägt dazu bei, ihre verschiedenen Funktionen säuberlich getrennt zu halten, aber ihr Tadel wird dadurch nicht viel erträglicher. Es wäre auch sinnlos, ihr zu sagen, daß die Sache sie eigentlich nichts angehe.

Ich war gekommen, um Julie um Schutz zu bitten. Wenn Julie nicht mehr fähig wäre, mich zu lieben, dann könnte sie meine Gedanken nicht mehr lesen. Und wie sollte sie dann wissen, wenn ich in der Klemme saß? Wie konnte sie mir Hilfe schicken, um mich herauszuhauen? Mein Privatleben *war* ihre Sache, war ihre vordringlichste Aufgabe.

»Ich *mag* Taffy«, protestierte ich. »Als wir uns kennenlernten, war sie mir ziemlich gleichgültig. Aber jetzt mag ich sie, und ich glaube, sie mag mich auch. Was kann man schon bei einem ersten Kennenlernen über einen Menschen erfahren?«

»Das weißt du doch ganz genau. Du kannst dich an andere Begegnungen erinnern, bei denen du mit dem Mädchen die ganze Nacht lang nur geredet hast, aus reiner Freude am Kennenlernen.« Sie nannte drei Namen, und ich wurde rot. Julie weiß genau, wie sie einen Mann zu nehmen hat. »Taffy ist ein Mensch, Gil, und nicht nur eine Episode, kein Symbol für irgend etwas, und nicht nur eine angenehme Nacht. Was hältst du von ihr?«

Ich überlegte. Komisch, ich habe Julie in ihrer Wächterrolle schon früher gegenübergestanden, und anfangs habe ich nie auch nur eine Sekunde lang daran gedacht, die unangenehme Situation dadurch zu beenden, indem ich sie einfach stehenließ. Später schon. Aber nun stand ich meiner Wächterin, Lehrerin und Richterin Julie gegenüber und dachte an Taffy.

»Sie ist nett«, sagte ich. »Und *nicht* entpersönlicht. Fast ein wenig überempfindlich, könnte man sagen. Sie würde keine gute Krankenschwester abgeben, weil sie immer nur helfen will, und sie wäre verzweifelt, wenn sie nicht helfen könnte. Sie ist sehr leicht verwundbar.«

»Weiter.«

»Ich möchte sie wiedersehen, aber ich wage nicht, mit ihr über berufliche Dinge zu sprechen. Das heißt . . . vielleicht sollte ich sie besser nicht wiedersehen, bevor diese Geschichte vorbei ist. Loren könnte sich für sie interessieren. Oder sie könnte sich für mich interessieren, und wenn mir etwas passiert . . . Habe ich irgend etwas vergessen?«

»Ich glaube nicht. Auf jeden Fall solltest du sie aber anrufen. Wenn du sie die nächsten Tage nicht treffen willst, solltest du es ihr zumindest sagen.«

»Also gut«, ich wandte mich zum Gehen, hielt mitten in

der Bewegung inne. »Verdammt! Fast hätte ich's vergessen. Der Grund, warum ich überhaupt hergekommen bin . . .«

»Ich weiß. Du möchtest einen Kontakttermin haben. Was hältst du von neun Uhr fünfundvierzig?«

»Ein bißchen früh. Wenn ich mal in Gefahr gerate, dann passiert das meistens nachts.«

»Nachts bin ich nicht im Dienst. Neun Uhr fünfundvierzig ist der einzige Termin, den ich noch frei habe. Tut mir leid, Gil, aber ich kann's nicht ändern. Soll ich Gedankenkontakt mit dir herstellen oder nicht?«

»Ja, bitte. Also neun Uhr fünfundvierzig.«

»Gut. Wenn du wirklich Beweise findest, die deinen Verdacht bestätigen, daß Owen ermordet worden ist, laß es mich wissen. Dann bekommst du zwei Termine pro Tag. Weil du dann wirklich in Gefahr bist.«

»Ausgezeichnet.«

»Ich liebe dich! Himmel, ist es schon so spät?« Sie lief in ihr Büro zurück, und ich rief Taffy an.

Taffy war natürlich nicht zu Hause, und ich wußte nicht, wo sie arbeitete, oder was sie tat. Ihr Telefonbeantworter sagte, ich könnte eine Nachricht hinterlassen. Ich nannte meinen Namen und sagte, ich würde später nochmal anrufen.

Und dann saß ich fünf Minuten lang vor meinem Schreibtisch, unfähig, einen Entschluß zu fassen. Ich starrte schweigend auf das Telefon. Es gab keinen triftigen Grund, mich nicht mit Homer Chandrasekhar in Verbindung zu setzen, aber ich zögerte.

Ich wollte nicht mit ihm sprechen. Weder heute noch später. Als wir uns das letztemal getroffen hatten, hatte er mir gründlich den Kopf gewaschen. Mein kostenloser Arm hatte mich meine Zugehörigkeit zu den Gürtelleuten gekostet, und Homers Achtung. Ich hatte keine Lust, mit ihm zu sprechen, nicht einmal telegrafisch, und ganz bestimmt wollte nicht ich es sein, der ihm sagen mußte, daß Owen tot war.

Aber irgend jemand mußte es ihm sagen.

Und vielleicht konnte er irgend etwas herausfinden.

Und ich schob es schon einen ganzen Tag vor mir her.

Fünf Minuten lang zögerte ich noch, dann rief ich die interstellare Telegrammaufnahme an und diktierte einen Funkspruch nach Ceres. Genauer gesagt, ich diktierte sechs Funksprüche, bevor ich mit der Formulierung zufrieden war.

Ich rief noch einmal Taffy an. Vielleicht war sie zum Mittagessen nach Hause gekommen. Irrtum.

Ich legte den Hörer auf und fragte mich, ob Julie fair gewesen war. Schließlich hatten wir beide, Taffy und ich, einander nichts weiter versprochen als eine hübsche Nacht. Nicht mehr. Und die hatten wir auch gehabt, und wenn wir Glück hatten, würde es noch mehr solcher Nächte geben.

Aber für Julie war es fast unmöglich, nicht fair zu sein. Wenn sie Taffy für verwundbar hielt, so hatte sie diese Einschätzung in meinen eigenen Gedanken gelesen.

Gemischte Gefühle. – Du bist ein Kind, und deine Mutter hat dich ausgescholten, dir das Gesetz vorgehalten. Aber es *ist* das Gesetz, unverrückbar fest, etwas, auf das man sich verlassen kann ... Und sie *mag* dich ... und macht sich Sorgen um dich ... während sich um die vielen anderen Menschen niemand sorgt.

»Natürlich habe ich an Mord gedacht«, sagte Ordaz. »Ich denke immer an Mord. Als meine geliebte Mutter nach dreijähriger Krankheit trotz liebevoller Pflege meiner Schwester Maria-Angela starb, war tatsächlich meine erste Reaktion, den Kopf meiner Mutter auf Nadelstiche zu untersuchen.«

»Haben Sie welche gefunden?«

Ordaz' Gesicht erstarrte. Er stellte sein Bierglas auf den Tisch und wollte aufstehen.

»Entschuldigen Sie«, sagte ich rasch. »Ich wollte Sie nicht verletzen.« Er starrte mich noch einen Augenblick wütend an, dann setzte er sich wieder.

Wir hatten uns in einem Terrassenrestaurant getroffen. Auf der anderen Seite der Hecke (eine echte, lebende Hecke, grün und wuchernd) wurde von einem Rollsteig ein stetiger Menschenstrom an uns vorbeigetragen. Hinter ihnen glitt ein anderer Stom in die entgegengesetzte Richtung. Und ich hatte für einen Moment den schwindelerregenden Eindruck, daß nicht sie, sondern wir uns bewegten.

Ein Kellner-Robot, der aussah wie die Bauernfigur eines alten Schachspiels, servierte uns aus seinem Brutkasten dampfend heiße Schüsseln mit Chili-Stew, setzte sie präzise vor uns auf den Tisch und glitt auf seinem Luftkissen wieder davon.

»Natürlich habe ich an Mord gedacht. Glauben Sie mir, Mr. Hamilton, da sind Sie auf dem Holzweg.«

»Ich glaube, ich könnte genügend Beweise vorlegen, die meinen Verdacht bestätigen.«

»Sie könnten es natürlich versuchen. Oder besser, ich werde Ihnen die Ausgangsposition geben: Nehmen wir zunächst einmal an, daß Kenneth Graham, der Lust-Hausierer, Owen Jennison den Blitzer nicht verkauft hat, sondern daß Owen zu dieser Operation gezwungen wurde. Das würde weiter bedeuten, daß Grahams Akten, selbst die schriftliche Operationslizenz, gefälscht sind, nicht wahr?«

»Schon gut. Aber bevor Sie mir weismachen, daß Grahams Weste blütenweiß ist, will ich Ihnen sagen, daß dem nicht so ist.«

»Was wollen Sie damit sagen?«

»Er steht in Verbindung mit einer Bande von Organschmugglern. Das ist eine geheime Information der UNP. Wir haben ihn unter Beobachtung und wollen nicht, daß er etwas davon erfährt.«

»Das wußte ich nicht.« Ordaz fuhr sich mit der Hand übers Gesicht. »Organschmuggel, sieh mal an. Aber was konnte Owen Jennison damit zu tun gehabt haben?«

»Owen ist ein Gürtelmann. Und im Asteroidengürtel herrscht ständiger Mangel an Transplantationsorganen.«

»Ja, es werden ständig große Mengen von medizinischem Material von der Erde eingeführt. Nicht nur Organe, sondern auch Medikamente und Prothesen. Und?«

»Owen war der größte Schmuggler vor dem Herrn. Meistens hatte er Glück, aber ein paarmal ist er auch erwischt worden. Alles in allem aber war es ein recht lohnendes Geschäft für ihn. Er galt als erfolgreicher Schmuggler. Wenn ein gewitzter Organschwarzhändler seinen Geschäftsbereich ausdehnen wollte, wäre es durchaus wahrscheinlich, daß er sich mit einem Gürtelmann in Verbindung setzt, der ein erfahrener Schmuggler ist.«

»Sie haben mir nie gesagt, daß Mr. Jennison Schmuggler war.«

»Wozu auch? Alle Gürtelleute sind leidenschaftliche Schmuggler, wenn sie glauben, damit durchzukommen. Für sie ist Schmuggeln keine ehrenrührige Angelegenheit, sondern ein Sport. Aber das kann ein Organschmuggler nicht wissen. Für ihn war Owen ein Verbrecher.«

»Glauben Sie, daß Ihr Freund . . .« Ordaz war zu feinfühlig, um den Satz zu Ende zu sprechen.

»Nein. Owen würde sich nie auf Organschmuggel eingelassen haben. Er *könnte* aber vielleicht versucht haben, einen Organschmuggler zu überführen. Die für die Ergreifung von Organschmugglern ausgesetzten Belohnungen sind sehr beachtlich. Falls sich einer von ihnen mit Owen in Verbindung gesetzt haben sollte, hat Owen möglicherweise versucht, auf eigene Faust die ganze Bande auszuheben.

Die Bande, hinter der wir her sind, beherrscht die Hälfte der amerikanischen Westküste. Das ist ein riesiges Gebiet. Es ist die Loren-Bande, für die möglicherweise auch Graham arbeitet. Nehmen wir einmal an, Owen hätte Gelegenheit gehabt, Loren selbst kennenzulernen.«

»Sie glauben, daß er sie genützt hätte?«

»Davon bin ich überzeugt. Ich glaube, er hat sein Haar lang wachsen lassen, um wie ein Erdenbürger auszusehen. Er wollte Loren überzeugen, daß ihm daran gelegen war, unauffällig zu wirken. Ich denke, er hat so viele Informationen gesammelt, als ihm möglich war, und dann versucht, mit heiler Haut davonzukommen. Aber er hat's nicht geschafft. Haben Sie übrigens seinen Antrag auf eine Nudistenlizenz gefunden?«

»Nein. Aber ich habe den Grund für Ihre Frage eingesehen«, sagte Ordaz. Er lehnte sich zurück und schien das Essen vor sich auf dem Tisch nicht zu bemerken. »Mr. Jennisons Sonnenbräune war am ganzen Körper gleichmäßig. Bis auf das für einen Raumfahrer charakteristische Schwarzbraun des Gesichts. Ich nehme an, daß er in seiner Heimat praktizierender Nudist war.«

»Ja. Wir brauchen keine Lizenzen für so etwas im Asteroidengürtel. Er wäre jedenfalls auch hier Nudist geworden, es sei denn, er wollte irgend etwas verbergen. Denken Sie an seine Meteornarbe. Er hat nie eine Gelegenheit versäumt, sie zur Schau zu stellen.«

»Hat er wirklich geglaubt, als ...«, Ordaz zögerte, »... als Flachländer posieren zu können?«

»Mit seinem verbrannten Raumfahrergesicht? Nein. Die Sache mit dem Haarschnitt war etwas übertrieben. Vielleicht hat er geglaubt, daß Loren ihn daraufhin unterschätzen würde. Aber auf jeden Fall wollte er nicht auffallen. Sonst hätte er nicht seine persönlichsten Dinge zu Hause gelassen.«

»Sie glauben also, er hat Verbindung mit Organschmugglern gehabt, und sie haben ihn erwischt, bevor er sich mit Ihnen in Verbindung setzen konnte. Sehr gut ausgedacht, Mr. Hamilton, aber damit kommen Sie nicht weiter.«

»Warum nicht? Ich will ja gar nicht behaupten, daß Owen ermordet wurde. Noch nicht. Ich will Ihnen nur darlegen, daß in diesem Fall Mord ebenso möglich ist wie Selbstmord.«

»Eben nicht, Mr. Hamilton.«

Ich blickte ihn fragend an.

»Bedenken Sie doch einmal alle Einzelheiten dieses hypothetischen Mordes. Owen Jennison ist zweifellos betäubt und zu Kenneth Graham gebracht worden. Dort hat man ihm einen Blitzer implantiert. Einen Standardtyp, der dazugehörige Trafo wurde später auf unfachmännische Weise mit einem Lötkolben verändert. Wir erkennen schon hier, daß der Mörder peinlich genau die geringsten Details beachtete. Wir erkennen das ebenfalls in Grahams gefälschter Operationslizenz. Sie ist unantastbar.

Darauf wird Owen Jennison in seine Wohnung gebracht. Selbstverständlich in seine eigene Wohnung, nicht wahr? Wozu sollte man ihn in eine andere schaffen? Die elektrische Leitung zu seinem Schädeltrafo wird verkürzt, wieder auf offensichtlich unfachmännische Weise. Mr. Jennison wird gefesselt ...«

»Ich habe mich schon gefragt, ob Sie darauf kommen würden.«

»Warum sollte er denn nicht gefesselt worden sein? Er wurde also gefesselt, und dann ließ man ihn aus der Betäubung erwachen. Vielleicht erklärte man ihm, was man mit ihm vorhat, vielleicht auch nicht. Das lag ganz im Ermessen des Mörders. Der Mörder steckt dann den Stecker in die Steckdose, Strom fließt direkt ins Gehirn, und zum erstenmal in seinem Leben lernt Owen Jennison reine, vollkommene Lustgefühle kennen.

Man läßt ihn noch – sagen wir einmal für drei Stunden – gefesselt. Schon nach wenigen Minuten ist Jennison ein unheilbar Stromsüchtiger geworden, und ich glaube . . .«

»Sie scheinen mehr über Stromsüchtige zu wissen als ich.«

»Das schon. Aber selbst ich würde mich ungern darauf festnageln lassen. Ein normaler Stromsüchtiger verfällt dem Laster innerhalb weniger Minuten. Aber dazu wäre zu sagen, daß der normale Stromsüchtige *freiwillig* dazu wird und genau weiß, auf was er sich einläßt. Stromsucht ist symptomatisch für Verzweiflung. Ihr Freund wäre nach ein paar Minuten vielleicht noch fähig gewesen, sich aus dem Bann der Stromsucht zu befreien.«

»Also haben sie ihn ein paar Stunden lang gefesselt gelassen und dann die Schnüre durchgeschnitten.« Mir wurde übel. Ordaz' scheußliche, ekelhafte Darstellung war in jedem Detail mit der meinen identisch.

»Nicht länger als drei Stunden, nach unseren Vermutungen. Sie würden es nicht gewagt haben, länger als drei Stunden zu bleiben. Sie haben also die Fesseln durchgetrennt und Owen Jennison sich selbst überlassen und dem Hungertod. Im Laufe eines Monats würden alle etwaigen Spuren der Gewalt verschwinden: Rückstände von Betäubungsdrogen, Nadeleinstiche, Hautabschürfungen durch die Fesselung, Beulen an seinem Kopf und so weiter. Ein überaus wohlüberlegter und ausgeklügelter Plan. Finden Sie nicht auch?«

Ich redete mir ein, daß Ordaz nicht makaber sein wollte. Er tat lediglich seine Pflicht. Trotzdem fiel es mir schwer, mit ruhiger Stimme zu antworten.

»Das alles stimmt mit dem Bild überein, das wir uns von Loren machen. Er muß ein Mensch sein, der sorgfältig detaillierte, wohlüberlegte Unternehmungen liebt.«

Ordaz beugte sich vor. »Aber sehen Sie denn nicht ein, daß ein sorgfältig detaillierter Plan hier nicht vorgelegen haben kann? Es gibt da einen grundlegenden Denkfehler: Was wäre geschehen, wenn Mr. Jennison einfach den Stecker herausgezogen hätte?«

»Hätte er das tun können? Oder tun wollen?«

»Tun können? Natürlich. Ein ganz simpler, einfacher Handgriff. Ein Stromstimulus beeinträchtigt schließlich nicht die motorischen Funktionen des Organismus, nicht wahr? Ob er es tun wollte ...« Ordaz trank nachdenklich einen Schluck Bier. »Ich weiß eine ganze Menge über Stromsüchtige, Mr. Hamilton. Aber ich habe keine Ahnung, was ein Stromsüchtiger *fühlt*. Ein normaler Süchtiger zieht den Stecker so oft heraus, wie er ihn in die Steckdose hineinsteckt. Ihr Freund aber erhielt das Zehnfache der normalen Stromstärke. Vielleicht hat er den Stecker ein dutzendmal herausgezogen, nur um ihn sofort wieder hineinzustecken. Andererseits sind Gürtelmänner in der Regel harte, willensstarke Persönlichkeiten, ausgesprochene Individualisten. Wer hätte voraussagen können, ob Ihr Freund nicht selbst nach einer Woche noch die Kraft gefunden hätte, den Schädeltrafo von seinem Kopf zu reißen, das Kabel aufzurollen, in seine Tasche zu stecken und einfach wegzugehen?

Außerdem gab es da noch das Risiko, daß irgend jemand sein Apartment betreten hätte. Ein Handwerker, zum Beispiel, der die Service-Maschinerie pflegt und überwacht. Oder es hätte jemandem auffallen können, daß er einen ganzen Monat lang keine Lebensmittel eingekauft hatte. Ein Selbstmörder würde dieses Risiko auf sich nehmen. Selbstmörder lassen sich ja fast immer eine kleine Hintertür offen. Aber ein Mörder ...? Nein. Selbst wenn dieses Risiko nur den Bruchteil eines Prozents ausgemacht hätte, würde sich ein Mann, der einen so durchdachten, detaillierten Plan entworfen hat, niemals darauf einlassen.«

Die Sonne brannte heiß auf unsere Schultern. Ordaz erinnerte sich plötzlich an sein Essen und machte sich darüber her.

Ich beobachtete die hinter der Hecke vorübergleitende Welt. Menschen standen plaudernd in kleinen Gruppen beisammen. Fußgänger blickten in die Schaufenster oder über die Hecke und sahen uns beim Essen zu. Einzelne drängten sich mit verbissenen Gesichtern durch die Menge, weil ihnen das Zwanzig-Kilometer-Tempo der Rollsteige zu langsam war.

»Vielleicht haben sie ihn die ganze Zeit unter Beobachtung gehalten. Vielleicht hatten sie Recorder in seinem Apartment installiert.«

»Wir haben alles sehr gründlich durchsucht«, sagte Ordaz. »Wenn irgendwelche Überwachungsgeräte dagewesen wären, hätten wir sie gefunden.«

»Vielleicht sind sie vorher abmontiert worden.«

Ordaz zuckte die Schultern.

Mir fielen die versteckten Fernsehaugen in den Monica-Apartments ein. Wenn doch jemand eingedrungen war, vielleicht hatte er sie durch einen elektronischen Trick genarrt, eine kurze Übertragungsstörung, aber das hätte ganz bestimmt irgendwelche Spuren hinterlassen.

Und Owen hatte ein Apartment im Inneren des Gebäudes gehabt. Also waren Beobachtungslaser unmöglich. Sie konnten den Raum nicht unter ständiger Kontrolle haben.

»Da ist noch etwas, das Sie übersehen haben«, sagte ich schließlich.

»Und das wäre?«

»Mein Name ist in Owens Brieftasche, als nächster Angehöriger. Er wollte damit meine Aufmerksamkeit auf die Sache lenken, mit der er gerade beschäftigt war. Auf die Loren-Bande.«

»Durchaus möglich.«

»Sie können doch nicht beide Versionen für möglich halten.«

Ordaz ließ die Gabel sinken. »Doch, ich kann, Mr. Hamilton. Aber Ihnen wird es nicht gefallen.«

»Das kann ich mir denken.«

»Nehmen wir einmal an, Ihre Hypothese sei richtig, daß Jennison von einem Agenten Lorens kontaktiert wurde, um den Organschmuggel auf den Asteroidengürtel auszudehnen. Owen nahm das Angebot an. Die riesigen Summen, die man ihm dafür in Aussicht stellte, waren eine zu starke Versuchung für ihn. Einen Monat später dämmerte es ihm, auf was er sich da eingelassen hatte. Er entschloß sich zum Selbstmord. Er suchte einen Lust-Hausierer auf und ließ sich Drähte ins Gehirn operieren. Später, bevor er den Blitzer anschloß, machte er den Versuch, sein Verbrechen wiedergutzumachen. Er gab Sie als nächsten Angehörigen an, damit Sie erraten sollten, weshalb er gestorben war, und damit Sie dieses Wissen eventuell gegen Loren verwenden könnten.« Ordaz blickte mich über den Tisch hinweg an. »Ich weiß, daß Sie mir nie zustimmen werden. Aber das kann ich nicht ändern. Ich betrachte nur die Fakten und ziehe meine Schlüsse.«

»Das tue ich auch. Aber ich kannte Owen. Er würde niemals für einen Organschmuggler gearbeitet haben, er würde niemals Selbstmord begangen haben, und wenn doch, dann nicht auf diese Art.«

Ordaz antwortete nicht.

»Was ist mit Fingerabdrücken?«

»In Mr. Jennisons Apartment? – Nichts.«

»Nicht einmal seine eigenen?«

»Nur an den Stühlen und den beiden Beistelltischen. Ich hasse den Mann, der den Reinigungsroboter erfunden hat. Jede gerade Fläche in dem Apartment ist genau siebenundvierzigmal gesäubert worden, während Mr. Jennison dort wohnte.« Ordaz wandte sich wieder seinem Chili-Stew zu.

»Eine andere Möglichkeit: Nehmen wir einmal an, ich hätte recht. Nehmen wir an, Owen war hinter Loren her, und Loren ist dahintergekommen. Owen war sich völlig darüber im klaren, daß er sich auf eine verdammt gefährliche Sache eingelassen hatte. Deshalb wollte er nicht, daß ich mich in die Sache einschaltete. Er wollte das allein erledigen. Er wollte die Belohnung kassieren. Aber bestimmt hätte er mir in diesem Fall irgendwo eine Nachricht hinterlassen. Für alle Fälle. In einem Schließfach vielleicht, auf irgendeinem Flughafen oder Raumhafen. Beweise. – Nicht unter seinem Namen, auch nicht unter meinem, weil ich als UNP-Beamter bekannt bin. Aber vielleicht . . .«

»Unter irgendeinem Namen, den Sie beide kannten.«

»Ja, Homer Chandrasekhar, zum Beispiel, der . . . jetzt hab' ich's: Cubes Fortsythe! Sein Name wäre Owen am passendsten erschienen. Cubes ist tot.«

»Gut. Ich werde der Sache nachgehen. Sie müssen aber bedenken, daß das Ihre Hypothese in keiner Weise begründen würde.«

»Natürlich nicht. Alles, was Sie eventuell finden werden, hat Owen vielleicht nur in einem Anfall von Gewissensqualen in aller Eile irgendwo in ein Schließfach gestopft. Ach, was soll's? Sagen Sie mir Bescheid, wenn Sie etwas finden.«

Ich stand auf und ging.

Ich trat auf einen Rollsteig und ließ mich davontragen, ohne zu wissen wohin. Ich mußte nachdenken.

Könnte Ordaz möglicherweise nicht doch recht haben? Wäre das möglich?

Je länger ich mich mit Owens Tod beschäftigte, desto ungünstiger wurde sein Bild in der ganzen Geschichte.

Darum mußte sich Ordaz irren!

Owen ein Handlanger für die Organschmuggler? Eher wäre er Organspender geworden.

Owen als Stromsüchtiger? Er hat nicht einmal 3-D-Fernsehen angeschaut.

Owen als Selbstmörder? Nein. Und falls doch, dann nicht auf diese erniedrigende Weise.

Doch selbst, wenn ich ihm das alles zutrauen würde ...

Würde Owen Jennison ausgerechnet mir mitteilen, daß er für die Organschmuggler tätig gewesen war? Mir, Gil dem Arm, Hamilton? Würde er *mir das* sagen?

Der Rollsteig trug mich weiter, vorbei an Restaurants, Einkaufszentren, Kirchen und Banken. Zehn Stockwerke tiefer, auf der Fahrzeugstraße, summten die Motoren von Autos und Kabinenrollern. Der Himmel war ein schmaler, grellblauer Schlitz zwischen den schwarzen Schatten der Wolkenkratzer.

Mich *das* wissen lassen? – Niemals!

Aber Ordaz' merkwürdig widersprüchlich handelnder Mörder war um keinen Deut besser.

Mir fiel etwas ein, das selbst Ordaz übersehen hatte: Warum sollte sich Loren mit der Beseitigung von Owens Leiche so viel Mühe machen? Er hätte doch Owen lediglich in seinen Organbänken verschwinden zu lassen brauchen, um sicherzugehen, daß er ihn nie wieder belästigen würde.

Die Läden und die Passanten wurden allmählich weniger, der Rollsteig verengte sich. Ein Wohnviertel, kein sehr vornehmes. Ich sah mich um und versuchte, mich zu orientieren. Ich war nur vier Blocks von Kenneth Grahams Geschäft entfernt.

Mein Unterbewußtsein mußte mich hierhergeführt haben. Ich wollte Kenneth Graham gegenüberstehen. Angesicht zu Angesicht. Die Versuchung, ihn sofort aufzusuchen, war fast unwiderstehlich, doch ich bezwang sie und wechselte bei der nächsten Drehscheibe die Richtung.

Eine Rollsteigkreuzung ist eine große, rotierende Scheibe, deren Rand von vier Rollsteigen tangiert wird und sich mit deren Geschwindigkeit um sich selbst dreht. Von ihrem Mittelpunkt aus kam man mit einer Rolltreppe die höher gelegenen, an den Gebäuden entlangführenden Rollsteige erreichen. Ich hätte mir ein Taxi herbeirufen können, aber ich brauchte noch Zeit zum Nachdenken. So fuhr ich nur eine halbe Umdrehung mit der Drehscheibe.

Ich könnte in Kenneth Grahams Laden gehen, ohne daß er auch nur ahnte, was mich zu ihm führte. Ich könnte mich verzweifelt, depressiv oder schüchtern geben und ihm erzählen, daß ich mich für einen von seinen elektrischen Lust-Spendern interessiere. Dann müßte ich ihm laut und ausführlich meine verzweifelte Situation schildern, dann meine Bedenken äußern, was meine Familie und meine Freunde wohl von mir denken würden, und dann im letzten Augenblick von einem Kauf Abstand nehmen. Er müßte mich ungehindert gehen lassen, weil er wüßte, daß Familie und Freunde mich vermissen würden. Vielleicht ...

Aber Loren wußte sicher mehr über die UNP, als wir über ihn wußten. Vielleicht hatte man Graham irgendwann sogar eine Holographie von mir gezeigt. Wenn ein ihm bekannter Beamter der UNP seinen Laden betrat, würde er vielleicht die Nerven verlieren, und dann ... Nein, das Risiko war zu groß.

Aber, verdammt noch mal, was konnte ich denn sonst tun?

Ordaz' inkonsequent handelnder Killer ... Wenn wir annahmen, daß Owen ermordet worden war, mußten wir auch andere Tatsachen als gegeben annehmen. Die Sorgfalt, die pedantische Liebe zum Detail – und dann ließ er Owen allein, so daß er jederzeit den Stecker herausziehen und einfach weggehen oder auch zufällig entdeckt werden konnte – von einem hartnäckigen Vertreter, von einem Einbrecher, von ...

Nein. Ordaz' hypothetischer Mörder – und meiner – würde

Owen wie ein Habicht beobachtet haben. Einen ganzen Monat lang.

Das war's. Bei der nächsten Drehscheibe verließ ich den Rollsteig und nahm mir ein Taxi.

Das Taxi setzte mich auf dem Dach der Monica-Apartments ab. Ich fuhr mit dem Lift ins Erdgeschoß hinunter.

Wenn der Verwalter über meinen Besuch erstaunt war, so ließ er es sich jedenfalls nicht anmerken. Mit einer Handbewegung lud er mich ein, in sein Büro zu kommen. Das Büro kam mir größer vor als die Eingangshalle, vielleicht nur deshalb, weil es hier ein paar Dinge gab, die das anonym-moderne Dekor unterbrachen: Bilder an den Wänden, ein wurmartiger schwarzer Brandfleck im Teppich, den wahrscheinlich die Zigarette eines Besuchers hinterlassen hatte, eine Holographie von Miller und seiner Frau auf der großen, fast leeren Schreibtischplatte. Er wartete, bis ich mich gesetzt hatte, dann beugte er sich erwartungsvoll vor.

»Ich bin dienstlich hier«, sagte ich und reichte ihm meine UNP-Identitätskarte.

Er gab sie zurück, ohne sie anzusehen. »Ich vermute, es handelt sich immer noch um die gleiche Geschichte«, sagte er nicht sehr herzlich.

»Ja. Ich bin überzeugt, daß Owen Jennison Besucher gehabt haben muß, während er hier wohnte.«

Der Verwalter lächelte. »Das ist lächer . . ., das ist unmöglich.«

»Nein, ganz und gar nicht. Ihre Holo-Kameras registrieren nur Besucher, nicht aber Mieter des Hauses, stimmt's?«

»Natürlich.«

»Dann hätte also Owen von jedem Bewohner des Hauses besucht werden können, ohne daß diese Besuche registriert worden wären.«

Der Verwalter blickte mich überrascht an. »Nein, natürlich nicht. Wirklich, Mr. Hamilton, ich begreife nicht, warum Sie sich so darauf versteifen. Falls irgend jemand Mr. Jennison entdeckt hätte, würde er doch sofort Meldung gemacht haben.«

»Das ist nicht gesagt. Hätte er – theoretisch jedenfalls –

von jedem Bewohner des Hauses aufgesucht werden können?«

»Nein, nein. Die Kameras machen auch Bilder von jedem Mieter, der einen anderen Korridor betritt.«

»Und wenn es sich bei dem Besucher um jemanden gehandelt hätte, der auf dem gleichen Stockwerk wohnt?«

Widerstrebend nickte der Verwalter. »Nun ja, das wäre natürlich theoretisch möglich. Aber trotzdem . . .«

»Dann möchte ich Sie um Aufnahmen von allen Mietern bitten, die während der letzten sechs Wochen im achtzehnten Stock gewohnt haben. Schicken Sie sie bitte in mein Büro, UNP-Gebäude, Central Los Angeles. Läßt sich das machen?«

»Natürlich, Sie haben die Aufnahmen in einer Stunde zur Verfügung.«

»Gut. Aber mir ist da noch etwas eingefallen: Nehmen wir einmal an, ein Mann würde mit dem Lift in den neunzehnten Stock fahren und dann die Treppe hinunter in die achtzehnte Etage gehen. Dann würde er zwar im neunzehnten Stock holographiert werden, nicht aber im achtzehnten. Richtig?«

Der Verwalter lächelte nachsichtig. »Mr. Hamilton, es gibt keine Treppen in diesem Gebäude.«

»Nur die Aufzüge? Ist das nicht gefährlich?«

»Wieso gefährlich? Jeder der Aufzüge hat ein eigenes Notstromaggregat. Das ist allgemein üblich. Wer hat schließlich Lust, bei einem Stromausfall achtzig Stockwerke hinaufzuklettern?«

»Das sehe ich ein. Eine letzte Frage: Könnte jemand an dem Computer herumfummeln? Könnte, zum Beispiel, jemand den Computer beeinflussen, ein bestimmtes Bild nicht zu machen?«

»Ich . . . ich habe keine Ahnung, wie man Computer umfunktionieren könnte, Mr. Hamilton. Warum richten Sie Ihre Frage nicht direkt an die Herstellerfirma? Es ist die Caulfield Brains AG.«

»Aha. Welches Modell haben Sie?«

»Augenblick.« Er stand auf und blätterte in einer Schublade des Aktenschrankes. »EQ 144.«

»Danke.«

Das war alles, was ich hier erreichen konnte, und ich wußte

es ... Und trotzdem konnte ich mich noch nicht entschließen, aufzustehen.

Da mußte doch noch *irgend etwas* ...

Schließlich räusperte Miller sich. »Ist das alles, Sir?«

»Ja«, sagte ich. »Nein. – Kann ich mir noch einmal das Apartment 1809 ansehen?«

»Ich muß erst feststellen, ob es noch nicht wieder vermietet ist.«

»Hat die Polizei es schon freigegeben?«

»Natürlich.« Er ging wieder zum Aktenschrank. »Nein, es ist noch frei. Ich werde Sie hinaufbringen. Wie lange werden Sie brauchen?«

»Ich weiß noch nicht. Auf jeden Fall nicht länger als eine halbe Stunde. Sie brauchen sich nicht zu bemühen.«

»Wie Sie wünschen.« Er gab mir den Schlüssel und wartete, daß ich ginge. Und ich ging auch.

Ein rasches, kaum wahrnehmbares bläuliches Blitzen, als ich aus dem Lift trat. Ich hätte es für eine Sinnestäuschung gehalten, hätte ich nicht gewußt, daß es eine Holographiekamera war, die mich fotografiert hatte.

Owens Apartment war eine leere Schachtel. Alle Möbel waren in Wände und Fußboden eingezogen. Eine kahle Hülse. Ich war noch nie an einem solch einsamen Ort gewesen, mit Ausnahme von einigen winzigen Asteroiden, zu wertlos, um ausgebeutet zu werden, auf zu ungünstiger Umlaufbahn, um als Raumstation dienen zu können.

Die Bedienungsknöpfe waren gleich neben der Tür. Ich schaltete die Lampen ein und drückte dann den Hauptschalter. Feine, farbige Linien leuchteten auf, rot, grün und blau. Ein großes Quadrat in einer Wand zeigte die Lage des Bettes an, im größten Teil der anderen Wand war die Kochnische eingelassen. Verschiedene Umrißlinien auf dem Fußboden wie ein Schnittmuster. Sehr praktisch. Es wäre doch unangenehm, wenn ein Gast ausgerechnet auf dem Tisch stünde, wenn Sie die Einrichtung ausfahren wollen.

Ich war hergekommen, um die Atmosphäre des Raums auf mich wirken zu lassen, um vielleicht eine Eingebung zu haben, um nachzuprüfen, ob ich irgend etwas übersehen hatte.

Ich spielte. Spielend griff ich mit meiner imaginären Hand durch die Schalttafel und tastete nach den elektrischen Leitungen. Die gedruckte Schaltung war zu klein und zu kompliziert, um mir irgendwelche Aufschlüsse geben zu können. Aber ich fuhr mit meinen unsichtbaren Fingerspitzen ein paar Drahtverbindungen entlang und fand, daß sie direkt zu ihren Kontakten liefen. Keine Abzweigungen, keine Umleitungen. Keine nach außen führenden Sensoren. Man mußte schon hier im Zimmer sein, um zu wissen, welche Möbel ausgefahren waren, welche in Fußboden und Wände eingeschoben.

Dieses vermeintlich bewohnte Apartment hatte also sechs Wochen lang das Bett nicht ausgeklappt. Aber man hätte schon hereinkommen müssen, um das festzustellen.

Ich drückte zwei Knöpfe und fuhr die Kochnische und den Lesesessel aus. Die rechte Wand schob sich zweieinhalb Meter in den Raum, der Sessel faltete sich aus dem Fußboden und nahm Form an. Ich setzte mich hinein, und die Kochnische versperrte mir die Sicht zur Tür.

Niemand hätte Owen vom Korridor aus sehen können.

Wenn es nur irgend jemand aufgefallen wäre, daß er keine Lebensmittel bestellte. Das hätte ihn retten können.

Mit fiel noch etwas anderes ein, und ich sah mich nach der Klimaanlage um. Ich entdeckte ein kleines Metallgitter dicht über dem Fußboden. Mit meiner imaginären Hand griff ich hinein. Manche von diesen Klimaanlagen schalteten sich automatisch ein, wenn der Kohlendioxydgehalt der Zimmerluft 0,5 Prozent erreichte. Diese Anlage aber reagierte nur auf Temperatur und war auch manuell zu bedienen.

Mit der anderen Art hätte unser sorgfältiger Killer leicht feststellen können, ob Owen noch lebte und anwesend war oder nicht, indem er die automatische Schaltung der Anlage überwachte. Solange jemand im Zimmer atmete und Kohlendioxyd produzierte, mußte sie sich in regelmäßigen Abständen einschalten. So aber hatte Apartment Nr. 1809 reagiert wie eine leere Wohnung, ohne daß es jemand von außen merkte.

Ich lehnte mich in den Sessel zurück.

Wenn mein hypothetischer Mörder Owen unter Beobachtung gehalten hatte, dann mit irgendeinem Kontrollgerät.

Wenn er nicht die ganzen vier oder fünf Wochen, in denen Owen starb, hier auf diesem Stockwerk gewohnt hatte, bestand gar keine andere Möglichkeit.

Gut, also denken wir mal über dieses Beobachtungsgerät nach. Wenn es klein genug war, würde es niemand entdecken, nur der Reinigungsroboter, und der würde es ohne Zögern in den Müllschlucker saugen. Also mußte es so groß sein, daß der Roboter es nicht beseitigen würde. Man brauchte sich keine Sorgen zu machen, daß Owen es finden könnte? Und dann, als sie wußten, daß Owen tot war, aktivierten sie einfach den Selbstzerstörungsmechanismus.

Aber selbst, wenn es zu Asche verbrannte, mußte man irgendwo den Brandfleck entdecken. Ordaz würde ihn nicht übersehen haben. Also?

Ein Asbestboden vielleicht? Man brauchte etwas, das einerseits bei der Selbstzerstörung jede Brandspur verhinderte, andererseits so klein war, daß der Roboter es danach aufsaugen würde.

Und wenn jemand an diese Möglichkeit dachte, dann konnte man ihm alles mögliche weismachen. Es war zu weit hergeholt und zu riskant. *Niemand* wußte mit Sicherheit genau, was ein Reinigungsroboter als Unrat klassifizieren und beseitigen würde, denn sie sind ziemlich einfach konstruiert, weil das billiger ist. Sie sind nur programmiert, Gegenstände, die größer als einige Zehntelmillimeter sind, liegenzulassen, weil sie zum persönlichen Eigentum des Mieters gehören könnten.

Es mußte irgend jemand hier auf diesem Korridor gewohnt haben und entweder selbst Owen überwacht oder aber nach seinem Tod das Kontrollgerät beseitigt haben, mit dem er überwacht wurde. Ich hätte meine letzte UN-Mark verwettet, daß er einen menschlichen Aufpasser gehabt hatte.

Ich war hauptsächlich hierhergekommen, um vielleicht intuitiv einen Einfall zu haben. Aber der kam nicht. Owen hatte sechs Wochen in diesem Sessel gesessen, und zumindest die letzte Woche als Toter. Trotzdem konnte ich mich nicht in ihn hineinfühlen. Es war nichts von ihm in diesem kahlen Zimmer zurückgeblieben, keine Spur seiner Persönlichkeit, selbst sein Geist schien diesen schrecklichen Ort längst verlassen zu haben.

Der Anruf erreichte mich auf dem Rückweg zum Hauptquartier.

»Sie hatten recht«, sagte mir Ordaz über mein Armbandtelefon. »Wir haben im Death-Valley-Raumschiffhafen ein Schließfach auf den Namen von Cubes Forsythe gefunden. Ich bin schon unterwegs. Kommen Sie hin?«

»Wir treffen uns dort.«

»Gut. Ich bin genauso neugierig wie Sie auf das, was Owen Jennison uns hinterlassen hat.«

Daran zweifelte ich.

Der Raumschiffhafen war etwas mehr als 500 Kilometer entfernt, eine gute Stunde mit dem Taxi. Es würde eine Menge Geld kosten. Ich stellte die Koordinaten des Autopiloten ein und rief das Hauptquartier an. Ein UNP-Agent genießt ziemlich viel Bewegungsfreiheit. Er muß nicht für jede Kleinigkeit Rechenschaft ablegen. Man braucht keine Erlaubnis, wenn man außerhalb der Stadtgrenzen zu tun hat. Schlimmstenfalls würden sie mir den Fahrpreis für das Taxi nicht rückerstatten.

»Übrigens«, sagte ich dem Telefondienst anschließend, »ich erwarte einen ganzen Berg Holographien von den Monica-Apartments. Der Computer soll sie mit allen bekannten Organschmugglern und Komplicen von Loren vergleichen.«

Das Taxi stieg höher und ging auf Ostkurs. Ich sah mir im 3-D-Fernseher eine Show an und trank Kaffee, bis ich keine Münzen mehr für den Automaten hatte.

Wenn man zwischen November und Mai ins Death Valley reist, ist es ein wahres Touristenparadies. Da gibt es den sogenannten Golfplatz des Teufels mit seinen fantastischen Hügelketten und steilen Gipfeln aus Salz; Zabriskie Point und seine unheimliche Topographie, die alten, verlassenen Boraxminen, und eine Unzahl von seltsamen, seltenen Pflanzen, die sich der Hitze und dem trockenen Klima angepaßt haben. Ja. Death Valley kann sehr interessant sein, und irgendwann würde ich es mir einmal gründlich ansehen. Bis jetzt kannte ich nur den Raumflughafen. Aber der war auch auf seine Art eindrucksvoll.

Das Landefeld war früher einmal Teil eines riesigen Binnenmeeres gewesen. Heute ist es eine weite Salzfläche. Riesige rotblaue Ringe markieren die Landestellen der Orbitfähren, und eine hundertjährige Entwicklung der Schiffsantriebe – chemisch, atomar und hydrogen-atomar – hatten mit ihrem Rückstoß riesige Trichter geformt, deren molekular veränderte, oft radioaktive Salze in allen Regenbogenfarben schillerten. Doch der größte Teil der weiten Fläche gleißte nach wie vor in seinem ursprünglichen, grellen Weiß.

Und draußen auf dem Salz standen Raumschiffe verschiedenster Bauart und Größe sowie Fahrzeuge und Maschinen zu ihrer Versorgung. Wenn man Glück hat, sieht man manchmal ein Schiff starten oder landen. Und der Anblick ist das Warten schon wert.

Das Hafengebäude am Rand des Salzsees ist ein pastellgrüner Turm mitten in einer großen Fläche von orangefarben fluoreszierendem Beton. Das Flugtaxi landete neben seinem Eingang und flog zum Taxistand weiter, wo auch andere seiner Art auf neue Kundschaft warteten. Ich stand eine Weile und zog die trockene, milde Luft tief in meine Lungen.

Vier Monate im Jahr ist das Klima im Death Valley ideal. An einem Augusttag wurden auf der Furnace Creek Ranch über 50 Grad Celsius gemessen.

Ein Mann hinter dem Schreibtisch sagte mir, daß Ordaz schon eingetroffen sei. Ich fand ihn und einen anderen Polizeibeamten in einem Labyrinth von Schrankwänden mit Schließfächern, von denen jedes zwei oder drei Koffer aufnehmen konnte. Das Fach, das Ordaz geöffnet hatte, enthielt jedoch nur eine Plastikaktentasche.

»Vielleicht hat er noch ein anderes Schließfach genommen«, sagte Ordaz.

»Glaube ich nicht. Gürtelmänner haben nicht viel Gepäck. Haben Sie schon versucht, die Tasche zu öffnen?«

»Noch nicht. Sie hat ein Zahlenschloß. Ich dachte, Sie wüßten vielleicht . . .«

»Möglich.« Ich setzte mich und starrte die Tasche an.

Komisch, ich war überhaupt nicht überrascht. Es war, als hätte ich schon vorher gewußt, daß Owens Aktentasche hier sein würde. Warum auch nicht? Er mußte sich schließlich irgendwie schützen. Durch mich. Weil ich ja durch meine Tätigkeit bei der UNP ohnehin mit der Bekämpfung des Organschmuggels zu tun hatte. Es war auch natürlich, daß er seine Unterlagen im Schließfach eines Raumhafens hinterließ. Weil Loren das Schließfach niemals finden konnte, und wenn doch, so würde er keine Möglichkeit haben, es zu öffnen. Ich aber mußte Owen instinktiv in Verbindung mit Raumhäfen sehen. Unter dem Namen Cubes, weil ich diese Beziehung kannte, und Loren nicht.

Späte Erkenntnis kann etwas Wunderbares sein.

Das Schloß hatte fünf Ziffern. »Es muß eine Ziffer sein, die wir beide kennen. Mal sehen . . .« Ich stellte die Zahl 22417 ein. 22. April 2117, Cubes Sterbedatum.

Das Schloß klickte und sprang auf.

Ordaz stürzte sich sofort auf das dunkelbraune Kuvert. Ich nahm, weniger ungeduldig, zwei Glasampullen aus der Tasche. Eine war luftdicht verschlossen und enthielt unglaublich feinen Staub. So fein, daß er wie Öl floß, wenn man die Ampulle bewegte. Marsstaub.

Die andere Ampulle enthielt einen winzigen Splitter geschwärztes Nickeleisen, so klein, daß er mit bloßem Auge kaum erkennbar war . . .

Es waren noch ein paar andere Sachen in der Tasche, aber die wichtigste war das große Kuvert. Es enthielt seine ganze Geschichte, bis zu einem gewissen Datum. Owen mußte vorgehabt haben, weitere Informationen hinzuzufügen.

Als er von seiner letzten Reise nach Ceres zurückgekehrt war, wartete dort eine Nachricht auf ihn. Sie mußte teilweise recht amüsant gewesen sein. Loren hatte sich die Mühe gemacht, ein komplettes Dossier über Owens Schmuggelaffären der letzten acht Jahre zusammenzutragen. Glaubte er Owens Verschwiegenheit damit erzwingen zu können, daß er ihm drohte, das Dossier der Polizei zu übergeben?

Vielleicht hatte dieses Dossier bei Owen einen falschen Eindruck hervorgerufen. Auf jeden Fall hatte er sich entschlossen, sich mit Loren in Verbindung zu setzen und zu sehen, wie es weiterginge. Normalerweise hätte er mir den Brief Lorens zugesandt und es mir überlassen, die Spur weiterzuverfolgen. Schließlich war das mein Job. Aber Owens letzte Reise war eine Katastrophe gewesen.

Irgendwo hinter der Jupiterumlaufbahn war sein Atomantrieb explodiert. Die Rettungsraketen seines Schleudersitzes hatten ihn mit seinem Raumanzug gerade noch rechtzeitig vom Explosionsherd weggeschossen. Ein Rettungsschiff hatte ihn nach Ceres zurückgebracht. Die Rettung hatte ihn fast ruiniert. Er brauchte Geld. Vielleicht hat Loren das auch gewußt und es mit einkalkuliert.

Die Belohnung, die auf Lorens Festnahme ausgesetzt war, hätte für ihn ein neues Schiff bedeutet.

Gemäß Lorens Anweisung war er in Outback Field in Australien gelandet. Von dort aus hatten Lorens Leute ihn kreuz und quer über die Kontinente gelotst, nach London, nach Bombay, nach Amberg in Bayern. Owens selbstgeschriebener Bericht endete in Amberg. Wie war er von dort aus nach Kalifornien gekommen? Er hatte es uns nicht mehr sagen können.

Aber bis dahin hatte er eine ganze Menge in Erfahrung bringen können. Wir fanden eine ganze Menge Notizen über seine Beobachtungen, wesentliche Details über Lorens Bande. So zum Beispiel den kompletten Plan für die illegale Einfuhr von Transplantationsmaterial in den Asteroidengürtel, für die Suche nach Abnehmern und die Kontaktaufnahme mit ihnen. Owen hatte dazu selbst Vorschläge gemacht. Die meisten davon klangen sehr vernünftig, wären aber in der Praxis undurchführbar gewesen. Typisch Owen. Ich konnte aber keinerlei Anzeichen dafür finden, daß er zu riskant gespielt hatte.

Doch er war ja selbst nicht darauf vorbereitet gewesen, als die Axt fiel.

Und dann waren da die Holographien, dreiundzwanzig Stück, jede mit der Visage eines Mitglieds der Loren-Bande. Einige der Bilder waren auf der Rückseite beschriftet, andere nicht. Owen hatte nicht mehr feststellen können, welche Rolle diese Männer innerhalb der Organisation spielten.

Ich blätterte sie zweimal durch und fragte mich, ob vielleicht eins der Bilder Loren selbst darstellte. Owen hatte keine Zeit mehr gehabt, das feststellen zu können.

»Scheint, als ob Sie recht hätten«, sagte Ordaz. »Dieses Material kann man nicht rein zufällig zusammentragen. Er muß von Anfang an die Absicht gehabt haben, Loren ans Messer zu liefern.«

»Genau das habe ich Ihnen ja gesagt. Und deswegen ist er ermordet worden.«

»Sieht tatsächlich so aus. Welches Motiv hätte ihn auch zum Selbstmord treiben können?« Ordaz' rundes, ruhiges Gesicht bemühte sich, ärgerlich zu wirken. »Aber ich kann genausowenig an unseren inkonsequenten Mörder glauben. Sie haben meine Verdauung gründlich durcheinandergebracht, Mr. Hamilton.«

Ich berichtete ihm meine Theorie von anderen Mietern des achtzehnten Stockwerks. Er nickte und lächelte. »Kann sein, kann sein. Aber das ist ja jetzt Ihr Bier. Organschmuggel fällt nicht in mein Ressort, sondern in das der UNP.«

»Richtig.« Ich schloß die Aktentasche und klemmte sie unter den Arm. »Mal sehen, was unser Computer zu diesen Bildern zu sagen hat. Ich sende Ihnen Fotokopien von allem, was hier drin ist.«

»Und Sie sagen mir Bescheid über die anderen Mieter im achtzehnten Stock?«

»Natürlich.«

Ich betrat das UNP-Hauptquartier, schwenkte die wertvolle Aktentasche und fühlte mich großartig. Owen war ermordet worden, dessen war ich mir jetzt sicher. Er war ehrenvoll gestorben, wenn auch nicht – oh, ganz bestimmt nicht – würdevoll. Selbst Ordaz mußte das jetzt zugeben.

Plötzlich schoß Jackson Bera an mir vorbei.

»Was ist denn los?« rief ich hinter ihm her. Vielleicht suchte ich nur eine Gelegenheit zum Angeben. Ich trug dreiundzwanzig Gesichter, dreiundzwanzig Organschmuggler in meiner Aktentasche.

Bera kam mit einem Ruck zum Stehen. »Mann, wo hast *du* dich denn herumgetrieben?«

»Ich habe gearbeitet. Ehrlich! Warum die Eile?«

»Erinnerst du dich an den Lust-Hausierer, den wir unter Beobachtung hatten?«

»Graham? Kenneth Graham?«

»Genau. Er ist tot. Wir haben Murks gemacht.« Er rannte weiter.

Er hatte schon das Laboratorium erreicht, als ich ihn einholte.

Die Leiche von Kenneth Graham lag ausgestreckt, mit dem Gesicht nach oben, auf dem Operationstisch. Sein langes, hohlwangiges Gesicht war blaß und schlaff, ohne jeden Ausdruck, leer. Über und unter seinem Kopf arbeiteten mehrere medizinische Apparate.

»Wie geht's?« fragte Bera.

»Schlecht«, erwiderte der Arzt. »Sie trifft keine Schuld. Sie haben ihn so rasch wie möglich in die Gefriertruhe gebracht. Es liegt nur daran, daß der Strom . . .« Er zuckte die Achseln.

Ich schüttelte Beras Schulter. »Was ist passiert?«

Bera schnaufte noch ein bißchen vom Laufen. »Er muß irgendwie Wind bekommen haben und hat versucht auszureißen. Wir haben ihn am Flughafen erwischt.«

»Ihr hättet warten können. Ihr hättet doch jemand mit ihm in die Maschine schicken können. Wenn der eine Kaspel TY-4 in der Kabine aufgemacht hätte . . .«

»Erinnerst du dich noch an den Skandal, als wir das letztemal TY-4 bei Zivilisten angewendet haben? Diese verdammten Journalisten.« Bera schüttelte sich. Ich konnte es ihm nicht verdenken.

Die UNP und die Organschmuggler spielen ein interessantes Spielchen. Die Organschmuggler müssen ihre Opfer lebend anliefern. Sie sind also immer mit Hypno-Pistolen bewaffnet, die winzige Splitter von einem kristallisierten Betäubungsmittel verschießen, die im Blutstrom sofort schmelzen. Wir verwenden die gleiche Waffe, und auch aus demselben Grund: Ein Verbrecher muß am Leben bleiben, damit er vor Gericht gestellt und nach dem Urteil dem Regierungskrankenhaus überstellt werden kann. Also darf ein UNP-Beamter niemals töten.

Aber eines Tages kam für mich die Stunde der Wahrheit. Ein kleiner Organschmuggler namens Raphael Haine versuchte, einen Alarmknopf zu drücken, als ich ihn in seiner Wohnung festnehmen wollte. Wenn es ihm gelungen wäre, hätte alles mögliche passieren können. Haines Männer hätten mich mit ihren Hypno-Pistolen betäubt, und ich wäre stückweise in Haines Organbank aufgetaucht. Also erwürgte ich ihn.

Und Graham war Beras erster, den er getötet hatte.

»Wir haben ihn auf dem Flugplatz erwischt«, sagte Bera. »Er hatte einen Hut auf. Wenn ich etwas schneller geschaltet hätte, wenn ich etwas fixer gewesen wäre! Wir gingen mit unseren Hypno-Pistolen auf ihn zu. Er wandte sich um und sah uns. Er griff unter seinen Hut, und dann fiel er um.«

»Selbstmord?«

Bera nickte.

»Wie?«

»Sieh dir seinen Kopf an!«

Ich trat näher an den Operationstisch und bemühte mich, dem Arzt nicht ins Gehege zu kommen. Er versuchte gerade, dem Gehirn des Toten durch Induktion Informationen zu entziehen. Es schien aber nicht zu klappen.

Auf Grahams Kopf saß eine flache, rechteckige Schachtel aus schwarzem Plastik, etwa halb so groß wie eine Zigarettenschachtel. Ich berührte sie mit meiner imaginären Hand und wußte sofort, was es war.

»Ein Blitzer, nicht der Standardtyp. Dafür ist er zu groß.«

»Stimmt.«

Flüssiges Helium schien durch meine Adern zu pulsieren. »Da ist eine Batterie drin.«

»Stimmt.«

»Ein kabelloser Blitzer! Mann, so was wünsche ich mir zum nächsten Geburtstag!«

»Halt den Mund!« Bera zitterte am ganzen Körper.

»Hast du gewußt, daß er auch stromsüchtig war?«

»Nein. Wir wollten nicht riskieren, ein Abhörgerät in seiner Wohnung zu installieren. Er hätte es entdecken können und wäre dann gewarnt gewesen. Aber sieh dir das Ding einmal genauer an.«

Die Form stimmt nicht, überlegte ich. Die schwarze Plastikhülle war halb zerschmolzen.

»Hitze«, sagte ich halblaut. »Sieh mal an!«

»Ja. Er hat sich die ganze Ladung der Batterie mit einem einzigen Stromstoß ins Gehirn gejagt, genau ins Lustzentrum.

Und ich frage mich immer wieder, was er wohl dabei empfunden haben mag. Sag mir, Gil, was hat er dabei empfunden?«

Ich schlug ihm auf die Schulter, anstatt ihm eine vernünftige Antwort zu geben. Er hat sich lange über diese Frage Gedanken gemacht. Und ich würde es auch tun.

Hier lag der Mann, der Owen den Draht ins Gehirn operiert hatte. War er sofort tot gewesen, oder hat er alle Freuden des Paradieses in einem einzigen, sengenden Augenblick erlebt? Ich hoffte, daß er die Hölle oder den Himmel gesehen hatte, als er starb. Aber ich konnte nicht daran glauben.

Graham war jetzt tot und konnte sich aus Lorens Organbänken kein neues Gesicht, keine neuen Fingerspitzen und keine neue Retinae transplantieren lassen.

»Nichts«, sagte der Arzt. »Sein Gehirn ist völlig verbrannt. Da ist nichts mehr zu retten.«

»Versuchen Sie es weiter«, sagte Bera.

Ich ging, ohne mich zu verabschieden. Vielleicht würde ich Bera später zu einem Drink einladen. Bera war einer der Menschen, die noch Mitgefühl besaßen. Ich wußte, daß er die furchtbare Woge von Lust und Verzweiflung, die über Graham hereingebrochen war, als er diese Welt verließ, fast nachempfinden konnte.

Die Holographien von den Monica-Apartments waren schon vor einigen Stunden eingetroffen. Miller hatte mir nicht nur die Aufnahmen der Mieter geschickt, die während der letzten sechs Wochen im achtzehnten Stockwerk gewohnt hatten, sondern auch die der Bewohner der siebzehnten und der neunzehnten Etage.

Ich spielte mit dem Gedanken, daß jemand sich von seinem Balkon im neunzehnten Stockwerk fünf Wochen lang tagtäglich zum achtzehnten Stock hinuntergelassen haben könnte. Aber Apartment Nr. 1809 lag nicht an der Außenwand, besaß also kein Fenster, und erst recht keinen Balkon.

Hatte Miller den gleichen Einfall gehabt? Unsinn! Er kannte das Problem ja überhaupt nicht. Er hatte nur Übereifer gezeigt, um zu beweisen, daß er mir weiterhelfen wollte.

Keine der Aufnahmen zeigte ein bekanntes oder verdächtiges Mitglied der Loren-Bande.

Ich holte mir Kaffee. Dann fielen mir die dreiundzwanzig

Loren-Männer in Owens Aktentasche ein. Ich hatte sie einem Programmierer gegeben, weil ich nicht genau wußte, wie man sie dem Computer einfüttern mußte. Er mußte damit längst fertig sein.

Ich rief ihn an. Er war tatsächlich fertig.

Ich überredete den Computer, Owens Holographien mit denen von den Monica-Apartments zu vergleichen.

Nichts. Nicht eine der einen Gruppe war mit einer der anderen identisch.

Ich brauchte zwei Stunden, um den Fall Owen Jennison zu Papier zu bringen. Ein Programmierer würde es anschließend in Computerkode übertragen. Das konnte ich nicht.

Nun standen wir also wieder vor Ordaz' inkonsequentem Mörder. Es war ein Gewirr von Sackgassen, in dem wir steckten. Owens Tod hatte uns eine Handvoll neuer Aufnahmen gebracht, aber die konnten längst wertlos sein. Organschmuggler wechselten ihre Gesichter beim geringsten Anlaß. Ich beendete meinen Entwurf, schickte ihn einem Programmierer und rief Julie an. Ich würde ihren Schutz nicht brauchen.

Julie war schon nach Hause gegangen.

Ich wollte Taffy anrufen, überlegte es mir aber anders. Es gibt Tage, da sollte man niemanden anrufen. Ich brauchte Zeit, um über alles nachzudenken. Ich brauchte eine Höhle, in die ich mich verkriechen konnte. Mein Gesichtsausdruck hätte wahrscheinlich die Bildröhre des Visophons zerspringen lassen. Warum sollte ich ein unschuldiges Mädchen mit in die Sache hineinziehen?

Ich verließ das Büro.

Es war schon dunkel draußen. Ich fuhr auf der Fußgängerbrücke über die Rollsteige hinweg und wartete auf der Kreuzungsdrehscheibe auf ein Taxi. Kurz darauf senkte sich eins nieder. Das weiße FREI-Zeichen blinkte auf der Unterseite des Rumpfes. Ich kletterte hinein und schob meine Kreditkarte in den Zahlschlitz.

Owen hatte die Holographien von überall in Europa und

Asien mitgebracht. Die meisten der Aufnahmen, wenn nicht alle, stellten Lorens Auslandsagenten dar. Wie konnte ich erwarten, einen von ihnen in Los Angeles zu finden?

Das Taxi stieg in die helle Winternacht. Die Lichter der Stadt verwandelten die Wolken in die Kuppel eines flachen, hellen Doms. Wir stießen durch die Wolken und blieben oben. Dem Autopiloten des Taxis war es gleich, ob ich einen Blick auf die Landschaft hatte oder nicht.

... Was konnte ich jetzt tun? Einer von den Dutzenden von Mietern mußte zur Loren-Bande gehören. Oder aber Ordaz' hypothetischer Killer – der sorgfältige Planer – hatte Owen allein sterben lassen. Fünf Wochen lang, ohne jede Kontrolle.

... War die Figur des inkonsequenten Mörders tatsächlich so unwahrscheinlich?

Schließlich war es, meiner Meinung nach jedenfalls, Loren selbst. Loren hatte schon oft gemordet, hatte das schwerste Verbrechen begangen, wieder und wieder, und mit unabschätzbarem Gewinn. Die UNP hatten ihm nur nie etwas nachweisen können. Wurde es nicht endlich Zeit, daß er einen Fehler beging?

Wie Graham, zum Beispiel. Wie lange hatte Graham ungestört unter seinen Kunden die Opfer für die Organbänke heraussuchen können, weil er sich ausschließlich an Menschen ohne Anhang hielt? Und dann verschwanden, innerhalb weniger Monate, zwei Menschen, die vermißt wurden. Er war unvorsichtig gewesen.

Die meisten Verbrecher sind nicht übermäßig intelligent. Loren war eine Ausnahme, aber die Männer seiner Bande waren nur Durchschnitt. Loren mußte sich mit diesen Männern zufrieden geben, mit Männern, die zu Verbrechern geworden waren, weil sie nicht genug Verstand besaßen, um ihr Geld in einem normalen Beruf verdienen zu können.

Wenn ein Mann wie Loren unvorsichtig wurde, dann konnte etwas wie dies passieren. Unbewußt würde er die Intelligenz der UNP nach seinen eigenen Männern einschätzen. Von einem seiner Meinung nach genialen Mordplan geblendet, konnte er leicht dessen einzige schwache Stelle übersehen haben und ihn ausführen lassen oder selbst ausführen. Durch seine Verbindung zu Graham wußte er mehr über Stromsucht als wir; genügend jedenfalls, um sich auf ihre Wirkung auf Owen zu verlassen.

Owens Mörder hatten ihn in sein Apartment gebracht und sich nicht weiter um ihn gekümmert. Das war ein Risiko, auf das Loren sich bewußt eingelassen hatte, und er hatte gewonnen. Dieses Mal jedenfalls.

Beim nächstenmal würde er vielleicht noch leichtsinniger handeln. Und dann würden wir ihn fassen.

Aber diesmal schien er Glück zu haben.

Das Taxi scherte aus dem Verkehrsstrom und senkte sich auf das Dach meines Hauses in den Hollywood Hills. Ich stieg aus und ging zu den Aufzügen.

Ein Lift hielt, jemand stieg heraus.

Irgend etwas warnte mich. Die Art, wie er sich bewegte, glaube ich. Ich warf mich herum und riß die Hypno-Pistole aus dem Schulterhalfter. Das Taxi hätte mir gute Deckung geben können – wenn es nicht schon wieder aufgestiegen wäre.

Weitere Gestalten lösten sich aus den Schatten.

Ich streckte zwei von ihnen zu Boden, bevor der stechende Schmerz in meine Wange fuhr. Betäubungsgeschosse, Splitter aus kristallisiertem Anästhetikum, schmolzen in meinem Blut. Mein Kopf wurde schwer, das Dach begann sich zu drehen, ich brach in die Knie und fiel kraftlos zur Seite. Schatten beugten sich über mich und verblaßten ...

Tastende Finger auf meinem Kopf rissen mich wieder ins Bewußtsein zurück.

Ich stand aufrecht, wie eine Mumie in weiche Binden gewickelt. Nicht einen Muskel unterhalb des Halses konnte ich bewegen. Bis ich das erkannte, war es aber schon zu spät. Der Mann, der hinter mir gestanden hatte, hatte die Elektroden von meinem Kopf gelöst und trat nun in mein Blickfeld, außerhalb der Reichweite meines imaginären Arms.

Er hatte irgendwie Ähnlichkeit mit einem Vogel. Er war groß und schlank, feinknochig, und sein dreieckiges Gesicht lief in ein spitzes Kinn aus. Ungekämmtes, seidiges blondes Haar wich an den Schläfen zurück. Er trug einen elegant geschnittenen orangefarbenen Straßenanzug mit braunen Streifen. Die Arme vor der Brust verschränkt, den Kopf etwas zur

Seite geneigt, lächelte er mich an und wartete darauf, daß ich sprechen würde.

Ich erkannte ihn. Owen hatte eine Holographie von ihm gemacht. Irgendwo.

»Wo bin ich?« stöhnte ich und bemühte mich, schwer angeschlagen zu wirken. »Wie spät ist es?«

»Wie spät? Es ist schon Morgen«, sagte der Mann. »Und was die andere Frage angeht, so lasse ich Sie gerne raten, wo wir sind.«

Da war irgend etwas in seiner Art ... Ich sagte aufs Geratewohl: »Loren?«

Loren verneigte sich leicht. »Und Sie sind Gilbert Hamilton von der UNP. Gil der Arm.«

»Es scheint, als sei ich etwas unvorsichtig gewesen.«

»Sieht so aus«, sagte er. »Sie haben die Reichweite meines Arms unterschätzt. Und das Interesse, das ich an Ihnen habe.«

Da hatte er recht. Es ist nicht schwieriger, einen UNP-Beamten zu entführen als irgendeinen anderen Bürger, wenn man ihn überrumpeln kann, und wenn man das Leben seiner Männer dafür aufs Spiel zu setzen bereit ist. In diesem Fall hatte sich das Risiko gelohnt. Polizisten verwenden Hypno-Pistolen aus dem gleichen Grund wie Organschmuggler. Die Männer, die ich während des kurzen Kampfes angeschossen hatte – falls ich sie überhaupt richtig getroffen hatte – waren inzwischen längst wieder zu sich gekommen. Loren hatte mich in diese Bandagen wickeln lassen und mich dann in ›russischen Schlaf‹ versetzt, bis er Lust hatte, sich mit mir zu unterhalten.

Die Elektroden an meinem Kopf waren der ›russische Schlaf‹ gewesen. Je eine wird an den Augenlidern befestigt, die dritte im Genick. Ein schwacher Stromstoß wird durch das Gehirn geschickt und läßt einen einschlafen. Tief und traumlos. In einer Stunde ist man so ausgeruht wie nach einer ganzen Nacht. Wenn man den Strom nicht wieder abstellt, schläft man ewig.

Das also war Loren.

Er blickte mich spöttisch mit geneigtem Kopf an, die Arme

vor der Brust verschränkt. In der einen Hand hielt er lässig eine Hypno-Pistole.

Wie spät war es? Ich wagte nicht, ihn noch einmal zu fragen, weil er dann vielleicht mißtrauisch geworden wäre. Aber wenn es mir gelang, ihn bis 9 Uhr 45 hinzuhalten, könnte mir Julie vielleicht Hilfe schicken.

Aber wohin?

Wo war ich? Wenn ich das nicht wußte, konnte es auch Julie nicht wissen!

Loren wollte mich in seiner Organbank verschwinden lassen. Ein winziger Kristallsplitter würde mich bewußtlos machen, ohne eins der empfindlichen Organe zu beschädigen, die zusammen Gil Hamilton ausmachten. Und dann würden Lorens Ärzte mich auseinandernehmen.

In den Krankenhäusern der Regierung werden die Gehirne der verurteilten Verbrecher verbrannt, um später in einer Urne beigesetzt werden zu können. Gott weiß, was Loren mit meinem Gehirn anstellen würde. Aber die anderen Teile meines Körpers waren kräftig und gesund, also gut verwertbar. Selbst wenn man Lorens Unkosten in Rechnung stellte, war ich mindestens eine Million UN-Mark wert.

»Warum gerade ich?« fragte ich. »Sie wollten *mich* haben, nicht irgendeinen UNP-Mann. Wieso sind Sie ausgerechnet an mir interessiert?«

»Weil ausgerechnet Sie den Fall Owen Jennison bearbeiten. Und viel zu gründlich für meinen Geschmack.«

»Längst nicht gründlich genug verdammt noch mal!«

Loren blickte mich fragend an. »Sie verstehen also wirklich nichts?«

»Wirklich nichts.«

»Sehr interessant«, sagte Loren nachdenklich. »Sehr interessant.«

»Meinetwegen. Warum bin ich noch am Leben?«

»Weil ich neugierig bin, Mr. Hamilton. Weil ich hoffe, Sie werden mir ein Kunststückchen mit Ihrem imaginären Arm vorführen.«

»Meinen *was*?« versuchte ich zu bluffen.

»Keine Ausflüchte, Mr. Hamilton. Wenn ich glaube, nicht

weiterzukommen, gebrauche ich das hier.« Er hob spielerisch die Pistole. »Sie werden dann nie wieder aufwachen.«

Verdammt! Das einzige, was ich bewegen konnte, waren meine Ohren und der imaginäre Arm. Und er wußte darüber Bescheid! Ich konnte ihn nicht in meine Reichweite locken!

Falls er wirklich *alles* über meinen Arm wußte.

Das mußte ich herauskriegen.

»Gut«, sagte ich. »Aber vorher würde ich gerne wissen, wer Ihnen das verraten hat. Ein Informant bei der UNP?«

Loren lachte amüsiert. »Ich wünschte, wir hätten einen Informanten bei Ihnen. – Nein. Vor ein paar Monaten haben wir einen Ihrer Männer gefangen. Rein zufällig. Als ich erfuhr, wer er war, habe ich ihn überredet, sich ein wenig mit mir zu unterhalten. Er erzählte mir auch von ihrem bemerkenswerten Arm, und ich hoffe, Sie werden mir mehr davon berichten.«

»Wer war der Mann?«

»Aber, aber, Mr. Hamilton.«

»Wer war es?«

»Glauben Sie wirklich, daß ich mich an den Namen jedes Organspenders erinnern kann?«

Welcher meiner Kollegen war in Lorens Organbank gelandet? Ein Fremder, ein Bekannter, ein Freund? – Erinnert sich der Schlächter in einem Schlachthof an jedes Rind, dem er den Schußapparat an die Stirn gesetzt hat?

»Diese sogenannten psychischen Kräfte interessieren mich brennend«, sagte Loren. »Deshalb habe ich Sie im Gedächtnis behalten. Und dann, als ich kurz davor stand, mit Ihrem Freund Jennison zu einem Vertrag zu kommen, fiel mir wieder etwas Ungewöhnliches von einem seiner ehemaligen Bordkameraden ein. Man hat Sie ›Gil der Arm‹ genannt, nicht wahr? Sehr treffend. In den Hafenkneipen hat man Sie ständig zu Drinks eingeladen, wenn Sie sie mit Ihrer imaginären Hand hoben.«

»Verdammt! Sie haben geglaubt, daß Owen ein Spitzel war! Und nur wegen mir! Nur wegen mir!«

»Reue bringt Ihnen nichts ein, Mr. Hamilton«, sagte Loren belustigt. »Unterhalten Sie mich. Mr. Hamilton.«

Verzweifelt suchte ich einen Weg, mich aus meinem Ko-

kon-Gefängnis zu befreien. Sinnlos. Ich war wie eine Mumie in Bandagen gewickelt, die zu fest waren, als daß ich sie hätte zerreißen können. Mit meiner imaginären Hand tastete ich über die Bandagen, die mich bis zum Hals einhüllten. Darunter, an meinem Rücken, befand sich ein Brett, das mich aufrecht hielt. Sonst war ich nackt.

»Ich werde Ihnen meine Psychokräfte vorführen« sagte ich zu Loren.« Geben Sie mir eine Zigarette.«

Vielleicht würde ihn das in meine Reichweite locken.

Er wußte wirklich einiges über meinen Arm. Er kannte seine Reichweite. Er legte eine Zigarette auf einen Teewagen und gab ihm einen Stoß. Der Wagen kam dicht vor mir zum Stehen. Ich nahm die Zigarette auf, steckte sie zwischen meine Lippen und wartete, daß er herkommen und sie anzünden würde.

»Entschuldigen Sie«, sagte er, zog den Teewagen wieder zurück und wiederholte das Manöver mit einer brennenden Zigarette.

Pech gehabt. Aber zumindest war ich so zu einer Zigarette gekommen. Ich warf die nicht angezündete so weit ich konnte, knapp einen Meter. Ich darf mit meiner imaginären Hand keine heftigen Bewegungen machen, sonst gleitet mir der Gegenstand, den ich halte, zwischen den Fingern hindurch.

Loren sah mir fasziniert zu. Eine schwebende Zigarette, die meinem Willen gehorcht! In seinen Augen las ich Staunen und Furcht. Das war schlecht. Vielleicht war die Zigarette ein Fehler.

Manche Leute halten Psi-Kräfte für eine Art Hexerei, und Menschen, die sie beherrschen, für Diener des Satans. Wenn Loren sich vor mir fürchtete, war ich so gut wie tot.

»Interessant«, sagte Loren. »Und wie groß ist seine Reichweite?«

Er wußte das genau. »So weit wie die eines normales Armes natürlich.«

»Aber warum? Andere haben eine viel größere Reichweite.«

Er saß jetzt bequem zurückgelehnt in einem Sessel, auf der anderen Seite des Raumes, gut drei Meter entfernt. In einer Hand hielt er sein Glas, in der anderen die Hypno-Pistole. Er wirkte völlig ruhig und entspannt, und ich fragte mich, ob ich ihn je von seinem Sessel aufstehen sehen würde, ganz zu schweigen davon, ihn in Reichweite zu bekommen.

Der Raum war klein und kahl, wie ein Kellerraum. Lorens Sessel, der Teewagen und eine kleine, tragbare Bar waren die einzigen Möbelstücke, falls sich nicht noch andere hinter meinem Rücken befinden sollten.

Ein Keller also. Ein Keller, der sich überall in Los Angeles befinden konnte, oder auch außerhalb. Falls es wirklich schon Morgen war, konnte ich Gott weiß wo auf der Erde sein.

»Ich weiß«, sagte ich. »Andere können viel weiter reichen als ich. Aber sie haben nicht meine Kraft. Es ist nun einmal ein imaginärer *Arm*, und meine Fantasie kann ihn nicht auf drei Meter verlängern. Vielleicht könnte es mir jemand einreden, wenn er sich viel Mühe gibt. Aber vielleicht zerstört er damit auch nur den Glauben, den ich jetzt habe, und ich hätte wieder nur zwei normale Arme, wie alle anderen Menschen. Mir ist es lieber . . .« Ich ließ den Satz unbeendet, weil mir einfiel, daß Loren mir ohnehin meine Arme amputieren würde.

Meine Zigarette war zu Ende geraucht. Ich schnippte sie fort.

»Mögen Sie einen Drink?«

»Klar. Wenn Sie ein Schnapsglas haben. Sonst kann ich's nicht heben.«

Er holte ein Schnapsglas aus der Bar, schenkte ein und stellte das gefüllte Glas auf die Kante des Teewagens, den er mir zuschob. Meine Kraft reichte gerade aus, es zu heben. Loren starrte mich unentwegt an, als ich das Glas an die Lippen hob, austrank und wieder absetzte.

Der alte Zigarettentrick. Letzte Nacht hatte ich ihn angewandt, um einem Mädchen zu imponieren. Heute hielt er mich am Leben, für ein paar Minuten wenigstens.

Sollte ich wirklich so sterben? Als Alleinunterhalter für Loren? Sein Interesse zu fesseln versuchen, bis . . .

Wo war ich? Wo . . .?

Und plötzlich wußte ich es. »Wir sind in den Monica-Apartments«, sagte ich.

»Ich wußte, daß Sie irgendwann dahinterkommen würden«, lächelte Loren. »Aber jetzt ist es zu spät. Ich habe Sie gerade noch rechtzeitig erwischt.«

»Das ist nicht Ihr Verdienst«, sagte ich. »Schuld daran ist meine Dummheit, nicht Ihr Glück. Ich hatte es *riechen* müssen. Owen wäre nie aus freiem Willen in dieses Haus gekommen. Sie haben ihn hierher gelockt.«

»Stimmt. Aber da wußte ich schon, daß er ein Verräter war.«

»Also haben Sie ihn hergebracht, damit er hier sterben sollte. Wer hat ihn die ganze Zeit lang überwacht? War es Miller, der Verwalter? Er ist doch Ihr Angestellter, nicht wahr? Er hat die Holographien von Ihnen und Ihren Männern aus dem Computer entfernt.«

»Stimmt«, sagte Loren. »Er hat nach Jennison gesehen. Aber nicht jeden Tag. Ein anderer Mann hat ihn ständig beobachtet, mit einer tragbaren TV-Kamera. Wir haben sie herausgenommen, als Jennison tot war.«

»Und dann noch eine Woche lang gewartet. Sehr schlau.« Es war wirklich ein Wunder, daß ich so lange gebraucht hatte, um dahinter zu kommen. Die Atmosphäre hier . . . Was waren das für Leute, die hier leben konnten?

Nur die Gesichtslosen, Menschen ohne Persönlichkeit, die niemand vermissen würde. Sie wohnten hier, während Loren Erkundigungen über sie einzog, um sicherzugehen, daß sie wirklich niemanden hatten, dem ihr Verschwinden auffallen würde. Wer diese Bedingung erfüllte, der verschwand eines Tages, zusammen mit seinen Papieren und seinem Eigentum, und der Verwalter fummelte an dem Computer herum und löschte die Holographien. Eine raffinierte Menschenfalle.

»Ich habe versucht, Organe in den Asteroidengürtel zu verkaufen«, sagte Loren. »Durch Ihren Freund Jennison. Ich weiß, daß er mich verraten hat, Mr. Hamilton. Ich möchte wissen, was er verraten hat.«

»Eine ganze Menge.« Das wußte er sicher. »Wir haben detaillierte Pläne von Ihrem Vorhaben, im Asteroidengürtel eine Organbank mit Verkaufsstelle zu eröffnen. Aber sie wären damit auf die Nase gefallen, Loren. Gürtelleute denken anders als die Menschen hier auf der Erde.«

»Keine Bilder?«

»Nein.« Ich wollte verhindern, daß er sein Gesicht veränderte.

»Ich wußte doch, daß er irgendwelche Informationen hinterlassen hatte«, sagte Loren. »Sonst hätte ich ihn in meiner Organbank verschwinden lassen. Viel einfacher, und auch rentabler. Ich brauche das Geld, Hamilton. Wissen Sie, was es mich kostet, einen Organspender laufen zu lassen?«

»Eine Million, denke ich. Warum haben Sie's dann getan?«

»Weil ich wußte, daß er irgendwo Informationen deponiert hatte. Wir konnten nicht herankommen. Also wollte ich wenigstens verhindern, daß die UNP danach suchte.«

»Ach so.« Jetzt verstand ich. »Wenn irgend jemand spurlos verschwindet, denkt jeder natürlich sofort an Organschmuggler.«

»Selbstverständlich. Also durfte er nicht einfach verschwinden, nicht wahr? Die Polizei hätte den Fall der UNP übergeben, und Sie hätten angefangen zu suchen. Wo haben Sie es eigentlich gefunden?«

»Schließfach in einem Raumflughafen.«

»Ach so.«

»Unter dem Namen Cubes Forsythe.«

»Ich habe den Namen schon gehört«, sagte Loren zwischen den Zähnen. »Ich hätte daran denken sollen. Wissen Sie, als wir ihn unter die Haube setzten, haben wir ein paarmal den Stecker aus dem Blitzer gezogen, um ihn zum Reden zu zwingen. Aber es hat nicht geklappt. Er konnte sich auf nichts anderes konzentrieren als auf den Wunsch, wieder Strom ins Gehirn zu kriegen. Wir haben überall gesucht . . .«

»Ich werde Sie dafür umbringen«, sagte ich, und es war mir ernst damit.

Loren neigte den Kopf und runzelte die Stirn. »Im Gegenteil, Mr. Hamilton, ganz im Gegenteil. Noch eine Zigarette?«

»Ja.«

Er schickte sie mir wieder, angezündet, auf dem Teewagen. Ich nahm sie und hielt sie, etwas zu auffallend vielleicht, in meiner imaginären Hand. Vielleicht konnte ich so seine Aufmerksamkeit darauf lenken. Auf die einzige Möglichkeit, meine imaginäre Hand zu sehen.

Denn wenn er ständig die Zigarette im Auge behalten würde und ich sie im entscheidenden Moment zwischen die Lippen klemmte – dann hatte ich die Hand frei, ohne daß er ahnte, was ich tat.

Doch was für ein entscheidender Moment? Er saß immer noch in seinem Sessel. Mühsam beherrschte ich mich, es nochmal zu versuchen, ihn näher heranzulocken. Aber jeder Versuch in dieser Richtung hätte ihn nur mißtrauisch gemacht.

Wie spät war es? Und was war mit Julie? Ich dachte an eine Nacht, die erst zwei Wochen zurücklag. Ich erinnerte mich an ein Abendessen auf der Terrasse des am höchsten gelegenen Restaurants von Los Angeles, fünfzehnhundert Meter über der Erde. Ein Teppich von Neonlichtern erstreckte sich unter uns von einem Horizont zum anderen. Vielleicht versuchten ihre Gedanken jetzt, mich zu finden.

Um 9 Uhr 45 würde sie auf jeden Fall Kontakt herstellen.

»Sie müssen ein sehr tüchtitger Astronaut gewesen sein«, sagte Loren, »der einzige Mann im ganzen Sonnensystem, der eine Außenantenne richten kann, ohne das Raumschiff zu verlassen.«

»Dafür braucht man mehr Muskelkraft, als ich in diesem Arm besitze.« Er wußte also auch daß ich durch die Materie hindurchgreifen konnte. Wenn er so gut informiert war, dann ... »Ich hätte im Asteroidengürtel bleiben sollen«, sagte ich. »Ich wünschte, ich wäre auf einem Erzsucher-Schiff. Jetzt in dieser Minute. Ich bin damals nur zurückgekommen, weil ich wieder zwei gesunde Arme haben wollte.«

»Schade. Jetzt haben Sie drei. Haben Sie eigentlich einmal darüber nachgedacht, daß es unfair ist, Ihre Psi-Kräfte gegen andere Menschen zu benutzen?«

»Was?«

»Erinnern Sie sich noch an Raphael Haine?« Lorens Stimme bebte. Er war wütend und mußte sich alle Mühe geben, es sich nicht anmerken zu lassen.

»Klar. Ein kleiner Organschmuggler in Australien.«

»Raphael Haine war mein Freund. Ich weiß, daß er Sie in seiner Gewalt hatte. Sagen Sie mir, Mr. Hamilton, wenn Ihre imaginäre Hand wirklich so schwach ist, wie Sie behaupten, wie haben Sie Ihre Fesseln aufknoten können?«

»Gar nicht. Das hätte ich nie geschafft. Haines hat mich mit

Handschellen gefesselt. Ich habe ihm den Schlüssel aus der Tasche gezogen – mit meiner imaginären Hand, natürlich.«

»Sie haben also Psi-Kräfte gegen ihn angewandt. Dazu hatten Sie kein Recht.«

Hexerei! Jeder, der nicht selbst Psi-Kräfte besitzt, denkt genauso wie er. Ein wenig Furcht, ein wenig Neid. Loren war überzeugt, daß er mit der UNP fertig würde. Er hatte schließlich schon einen von uns getötet. Mindestens einen. Wenn man aber Menschen mit Psi-Kräften gegen ihn einsetzte, so hielt er das für überaus unfair.

Deshalb hatte er mich noch einmal aufwachen lassen. Loren wollte sich an meiner Hilflosigkeit weiden. Wie viele Männer hatten schon einen Mann mit übernatürlichen Kräften bezwungen?

»Seien Sie nicht albern«, sagte ich. »Ich habe mich nicht freiwillig in ihre dunklen Geschäfte eingemischt, und auch nicht in Haines. Aber nach *meinen* Spielregeln sind Sie ein Massenmörder, und deshalb ist es meine Pflicht . . .«

Loren stand auf. Wie spät war es? Ich wußte plötzlich, daß meine Zeit abgelaufen war. Er kochte vor Wut. Sein seidigblondes Haar schien sich zu sträuben.

Ich blickte in das winzige Nadelloch seiner Hypno-Pistole. Und ich konnte nichts tun. Die Reichweite meines imaginären Arms war nur eine normale Armeslänge. Ich spürte schon alles, was geschehen würde, und was ich nicht mehr fühlen würde: den Liter Trastine, den sie mir in die Adern spritzen würden, um das Blut nicht gefrieren zu lassen, das eiskalte Bad in halbgefrorenem Alkohol, die Skalpelle und die feinen präzisen chirurgischen Laserstrahlen. Am meisten die Skalpelle.

Und all mein Wissen war für immer verloren, wenn sie mein Gehirn in den Abfallkübel warfen. Ich wußte, wie Loren aussah. Ich wußte von den Monica-Apartments . . . Ich kannte die ganze Schönheit des Death Valley, und ich schwor es mir, sollte ich hier wieder herauskommen, ich würde eine Wallfahrt dorthin machen.

Wie spät war es? Wie spät? War Julie immer noch nicht . . .

Loren hatte die Hypno-Pistole gehoben und zielte sorgfältig mit ausgestrecktem Arm. Er zielte so ruhig und gelassen wie auf einem Schießstand.

»Wirklich ein Jammer«, sagte er, und es war ein kaum wahrnehmbares Beben in seiner Stimme. »Sie hätten Astronaut bleiben sollen.«

Worauf wartete er noch? »Wenn Sie mich vor Angst zittern sehen wollen, müssen Sie erst die Bandagen abwickeln«, sagte ich heiser und unterstrich meine Worte mit einer heftigen Bewegung des glühenden Zigarettenendes. Es fiel mir aus der Hand. Ich fing es wieder auf und

... stieß es in mein linkes Auge.

Normalerweise hätte ich mir die Sache ein bißchen gründlicher überlegt. Aber ich hätte es trotzdem getan. Loren betrachtete mich bereits als sein Eigentum, als lebendige Haut, gesunde Nieren und über zehn Meter Arterien, ich bestand für ihn nur noch aus Einzelteilen für seine Organbank, im Wert von über einer Million UN-Mark. Und ich zerstörte mein Auge! Organschmuggler sind immer auf der Suche nach guten Augen; jeder Mensch, der eine Brille tragen muß, würde gern neue Augen haben; und die Organschmuggler selbst wollten von Zeit zu Zeit ihre Retina wechseln, wenn ihr Muster von der Polizei registriert war.

Was ich nicht vorausehen konnte, war der irrsinnige Schmerz. Irgendwo hatte ich mal gelesen, daß man in den Augäpfeln kein Gefühl hat. Dann mußten es die Lider sein, die schmerzten. Entsetzlich schmerzten!

Aber ich brauchte es nur ein paar Sekunden lang auszuhalten.

Loren fluchte und stürzte auf mich zu. Er wußte, wie lächerlich schwach mein imaginärer Arm war. Was konnte ich ihm damit schon tun? Er ahnte es nicht, obgleich es doch so offensichtlich war. Er rannte auf mich zu und schlug nach der Zigarette. Ein kräftiger Schwinger, der mir den Kopf zur Seite schlug und die nun verlöschte Zigarettenkippe an die Wand schleuderte. Keuchend, knurrend, sprachlos vor Wut stand er vor mir – in Reichweite.

Mein linkes Auge schwoll zu.

Ich griff an Lorens Pistole vorbei, in seinen Brustkorb hinein, tastete nach seinem Herzen und umklammerte es mit meiner imaginären Hand. *Dann drückte ich es mit aller Kraft zusammen.*

Und drückte mit aller Kraft zu.

Er riß ungläubig Augen und Mund auf, sein Adamsapfel tanzte krampfartig auf und ab. Er hätte jetzt schießen sollen. Statt dessen griff er mit seiner kraftlosen Linken nach seiner Brust. Zweimal kratzte er mit den Fingernägeln hilflos über sein Hemd und rang mit zurückgelegtem Kopf nach Luft. Er dachte, er hätte einen Herzanfall. Dann fanden seine hin und her rollenden Augen mein Gesicht.

Mein Gesicht! Ich war ein einäugiges Raubtier, das blutdürstig knurrte. Ich wollte ihn töten! Und wenn ich ihm dazu das Herz aus der Brust reißen mußte. Das alles mußte in meinem Gesicht zu lesen sein.

Und er sah es!

Er drückte ab, das winzige Geschoß bohrte sich in den Fußboden, und er brach zusammen.

Ich schwitzte und zitterte am ganzen Körper vor Erregung und Ekel. Die Narben! Er bestand nur aus Narben. Ich hatte sie gefühlt, als meine Hand in seinen Körper drang. Der Mann bestand fast nur noch aus Transplantaten. Sein Herz war ein Transplantat, und die meisten anderen Organe waren es auch. Aus einem gewissen Abstand wirkte er wie ein Dreißigjähriger. Aber aus der Nähe war es unmöglich, sein Alter zu schätzen. Manche Teile von ihm waren jünger, andere älter. Wie viel von Loren war noch Loren? Wie viele Körperteile stammten von anderen Menschen? Und all diese Teile schienen nicht recht zusammenzupassen.

Er muß chronisch krank gewesen sein, überlegte ich. Und die Behörden hatten ihm nicht all die Transplantate bewilligt, die er brauchte. Und eines Tages fand er die Lösung seines Problems . . .

Loren lag reglos. Er atmete nicht. Ich fühlte noch, wie sein Herz unter dem Griff meiner imaginären Hand gezuckt und gezappelt hatte und dann plötzlich stehengeblieben war.

Er lag auf der linken Seite, so daß ich seine Armbanduhr nicht sehen konnte. Ich war ganz allein in dem leeren Raum, und ich wußte immer noch nicht, wie spät es war.

Ich habe es auch nie erfahren. Es vergingen noch mehrere

Stunden, bis Miller es endlich wagte, seinen Chef zu stören. Er steckte sein rundes, nichtssagendes Gesicht durch den Türspalt, sah Loren reglos zu meinen Füßen liegen und zog sich mit einem erschrockenen Aufschrei zurück. Eine Minute später schob sich der Lauf einer Hypno-Pistole durch den Türspalt. Ich sah über der Waffe ein wässrig-blaues Auge und fühlte einen Stich in meiner Wange . . .

»Ich habe mich etwas früher mit dir in Verbindung gesetzt«, sagte Julie. Sie saß etwas unbequem am Fußende des Krankenhausbettes. »Das heißt, *du* hast mich gerufen. Als ich zum Dienst kam und du warst nicht da, habe ich mich nach dem Grund gefragt, und peng! Es war ziemlich schlimm, nicht?«

»Ziemlich«, sagte ich.

»Ich habe noch nie bei einem Menschen so viel Angst gespürt.«

»Du brauchst es nicht herumzuerzählen.« Ich drückte einen Schalter, und ein Mechanismus verstellte das Bett, daß ich aufrecht sitzen konnte. »Ich muß schließlich meinen Ruf wahren.«

Mein linkes Auge war verbunden und gefühllos. Ich hatte keine Schmerzen, aber die Betäubung erinnerte mich daran, daß jetzt schon zwei Menschen Teil von mir geworden waren. Ein Arm und ein Auge.

Falls Julie meine Gefühle mitempfand, war es kein Wunder, daß sie nervös war. Und sie war nervös. Ständig rutschte sie auf der Bettkante hin und her.

»Ich habe mich immer gefragt, wie spät es war. Wie spät war es wirklich?«

»Ungefähr neun Uhr zehn« Julie fröstelte. »Ich dachte, ich werde ohnmächtig, als dieser – der farblose kleine Mann mit der Hypno-Pistole . . . Nicht, Gil! Bitte nicht! Es ist doch vorbei!«

So nah? War es diesmal wirklich so nah gewesen? »Hör zu«, sagte ich. »Du solltest wieder an deine Arbeit gehen. Vielen Dank für den Krankenbesuch, aber er hilft keinem von uns weiter. Wenn wir so weitermachen, landen wir beide in der Nervenklinik.«

Sie nickte hastig und stand auf.

»Danke, daß du gekommen bist. Und danke dafür, daß du mir das Leben gerettet hast.«

Julie lächelte mir von der Tür aus zu. »Danke für die Orchideen.«

Die hatte ich noch gar nicht bestellt. Ich klingelte nach einer Krankenschwester und überredete sie zu dem Zugeständnis, daß ich heute abend, nach dem Essen, nach Hause gehen dürfte. Sie erlaubte es unter der Bedingung, daß ich das Bett hüten müßte. Dann brachte sie mir ein Telefon, und ich bestellte die Orchideen für Julie.

Dann lag ich eine Zeitlang reglos auf dem Rücken. Es war hübsch, noch am Leben zu sein. Ich erinnerte mich an die vielen Versprechen, die ich mir gegeben hatte. Versprechen, die ich nie gehalten hatte. Vielleicht war dies der Augenblick, wo ich ein paar davon verwirklichen sollte.

Ich rief die Überwachungsabteilung an und ließ mich mit Jackson Bera verbinden. Nachdem ich ihm erlaubt hatte, mir die Geschichte meiner Heldentat aus der Nase zu ziehen, lud ich ihn ein, auf einen Drink herzukommen. Er sollte den Stoff mitbringen, aber ich würde ihn bezahlen. Das paßte ihm gar nicht, aber ich konnte ihn überreden.

Dann wählte ich Taffys Nummer, hielt aber inne und legte wieder auf. Sie brauchte mein Gesicht nicht zu sehen. Ich griff nach meinem Armbandtelefon auf dem Nachttischchen.

»Hallo!«

»Taffy? Hier ist Gil. Kannst du dir das Wochenende frei nehmen?«

»Natürlich. Von Freitag abend an?«

»Gut.«

»Hol mich um zehn Uhr ab. Weißt du jetzt, was mit deinem Freund passiert ist?«

»Ja. Ich hatte recht. Die Organschmuggler haben ihn ermordet. Aber das ist jetzt vorbei. Wir haben den Boß der Bande erledigt.« Ich sagte ihr nichts von dem Auge. Bis Freitag waren die Binden herunter. »Wegen des Wochenendes: Würdest du gerne ins Death Valley fahren?«

»Das soll wohl ein Witz sein?«

»Ganz und gar nicht. Hör zu . . .«

»Aber es ist heiß dort! Und knochentrocken! Und so tot

wie der Mond! Du hast doch Death Valley gesagt, nicht wahr?«

»Um diese Jahreszeit ist es überhaupt nicht heiß dort. Hör zu . . .« Und sie hörte auch wirklich zu. So lange, bis ich sie überzeugt hatte.

»Ich habe ein bißchen nachgedacht«, sagte sie dann. »Wenn wir jetzt viel zusammen sein werden, sollten wir einen . . . einen Vertrag machen: Keine Fachsimpeleien. Einverstanden?«

»Eine sehr gute Idee.«

»Du mußt wissen«, sagte Taffy, »daß ich Ärztin bin. Chirurgin. Für mich sind Transplantationsmaterialien nichts als berufliches Handwerkzeug, das ich zum Heilen benötige. Ich habe sehr lange gebraucht, bis ich mir diesen Standpunkt aneignen konnte. Ich will nicht wissen, woher das Zeug stammt, und ich will nichts von Organschmugglern hören.«

»Einverstanden. Wir machen einen Vertrag. Ich hol dich Freitag abend ab.«

Eine Ärztin! Das war doch das Letzte! Das Wochenende konnte ja gut werden. Menschen, die einen überraschen, sind immer die interessantesten.

Bera brachte eine Flasche echten Scotch mit.

»Ich lade dich ein«, sagte er. »Hat gar keinen Zweck, darüber zu diskutieren. Außerdem kommst du sowieso nicht an deine Brieftasche ran.«

Dachte er!

Und damit ging der Streit los.

Aus dem Amerikanischen von Hans Maeter

Harlan Ellison

Scherben

Dort also fand Rudy sie acht Monate später – in jenem weitläufigen, häßlichen Haus an der Western Avenue in Los Angeles. Sie lebte dort mit ihnen zusammen, mit ihnen *allen* zusammen; nicht nur mit Jonah, sondern mit allen.

Es war November in Los Angeles. Die Sonne mußte bald untergehen, und es war selbst für den Herbst reichlich kühl hier, wo man der Sonne doch so nahe war. Er bog vom Gehsteig ab und blieb ein Stück vor dem Gebäude stehen. Es war im gotischen Stil errichtet, scheußlich, das Gras nur zur Hälfte geschnitten, der rostige Rasenmäher mitten in einem unvollendeten Streifen stehengeblieben – als wäre das halb geschnittene Gras eine beschwichtigende Geste an die Adresse der hell empörten Bewohner der beiden Apartmenthäuser, die zu beiden Seiten des gedrungenen Bauwerkes gen Himmel ragten.

Doch seltsam: die Apartmenthäuser waren viel größer, das alte Haus schien tief geduckt zwischen ihnen zu hocken – und dennoch schien es sie zu überragen. Sonderbar!

Die Fenster der oberen Stockwerke waren mit Pappe geflickt.

Auf dem Zugangsweg lag ein umgekippter Kinderwagen.

Die Haustür war mit Schnitzereien geschmückt.

Die Dunkelheit schien schwer zu atmen.

Rudy rückte den Militärsack auf seiner Schulter zurecht. Er fürchtete sich vor dem Haus. Sein Atem ging schneller, als er da stand, und in einem Angstgefühl, das er nie hätte beschreiben können, verkrampften sich die dicken Muskeln zu beiden Seiten seiner Schulterblätter. Er blickte, einen Ausweg suchend, zu den dunklen Winkeln des Himmels empor, aber es gab keinen Ausweg; er konnte nur vorwärts gehen. Dorthin, wo Kristina war.

Ein fremdes Mädchen öffnete ihm die Tür.

Sie sah ihn an, ohne ein Wort zu sprechen; das lange, blonde Haar verdeckte fast ganz ihr Gesicht, und die Augen spähten durch diesen Vorhang aus Clairol und Schmutz zu ihm heraus.

Als er sie zum zweitenmal nach Kris fragte, befeuchtete sie sich die Mundwinkel, und ein Tic ließ ihre Wange zucken. Mit Schwung setzte Rudy den Militärsack ab. »Kris, bitte«, drängte er ungeduldig.

Das blonde Mädchen drehte sich um und verschwand in den dämmrigen Korridoren des schrecklichen alten Hauses. Rudy blieb in der offenen Haustür stehen, und dann auf einmal, als wäre das blonde Mädchen ein Schutzwall dagegen gewesen und ihr Verschwinden habe die Schleusen geöffnet, überfiel ihn, wie ein Schlag ins Gesicht, eine Woge beißenden Geruchs von Marihuana.

Instinktiv atmete er ein, und sein Kopf begann zu wirbeln. Er trat einen Schritt zurück in die letzten Zentimeter Sonnenlicht, das über die hohen Apartmenthäuser hereinfiel, und dann war auch das verschwunden, und ihm war immer noch schwindelig, und er ging vorwärts und zog den Militärsack hinter sich her.

Er konnte sich nicht erinnern, die Haustür geschlossen zu haben, doch als er sich einige Zeit später umsah, was sie zu. Kris fand er im zweiten Stock. Sie lag an die Rückwand eines dunklen offenen Schranks gelehnt, streichelte mit der linken Hand ein verblaßtes, rosa Stoffkaninchen, hatte die rechte Hand mit abgespreizten kleinen Fingern so an den Mund gehoben, daß man den halb darin verborgenen, über den Daumen gestreiften Halter kaum sehen konnte, und sog die letzten Wunder des Joint in sich hinein. Dem Wandschrank entströmte eine unübersehbare Skala von Gerüchen: Es roch nach schmutzig-verschwitzten Socken, beißend wie Ammoniak, nach Schaffelljacken, in Urin gegerbt, auf denen die Regennässe zu Schimmel getrocknet war, nach einem Mop mit seinem Duft nach altem, zu Dreck verkrusteten Staub, und, alles überlagernd, nach dem, was sie nun schon seit wer weiß wie langer Zeit nahm – und es hielt sie gefangen. So hübsch es nur ging.

»Kris?«

Langsam hob sie den Kopf und sah ihn an. Viel später erst fand sie zurück, erkannte ihn und begann zu weinen. »Geh weg!«

In dem durchsichtigen Schweigen des wispernden Hauses, hinter und über sich, hörte Rudy auf einmal das Geräusch von Lederschwingen, die sekundenlang heftig flatterten. Dann nichts mehr.

Rudy hockte sich neben sie; das Herz in seiner Brust war zu doppelter Größe geschwollen. Er wünschte sich so verzweifelt, sie zu erreichen, mit ihr zu reden. »Kris . . . bitte . . .« Sie drehte den Kopf zur Seite. Und mit der Hand, die das Kaninchen gestreichelt hatte, schlug sie kraftlos nach ihm, verfehlte ihn.

Einen Augenblick lang hätte Rudy schwören können, irgendwo ein Geräusch zu hören, als zähle jemand schwere Goldstücke. Irgendwo rechts von ihm, in einem der Korridore des zweiten Stocks. Doch als er sich halb herumdrehte und durch die Schranktür hinausspähte, als er versuchte, genauer hinzulauschen, gab es kein Geräusch mehr, auf das er sich konzentrieren konnte.

Kris machte jetzt den Versuch, sich noch tiefer in den Wandschrank zurückzuziehen. Sie versuchte zu lächeln.

Er drehte sich wieder zu ihr um. Auf Händen und Knien kroch er ihr in den Wandschrank nach.

»Das Kaninchen«, sagte sie lethargisch. »Du zerdrückst das Kaninchen.« Er blickte hinunter: Sein rechtes Knie lag auf dem weichen, verfilzten Fellkopf des rosa Kaninchens. Er zog es unter seinem Knie hervor und warf es in eine Schrankecke. Sie sah ihn voll Abscheu an. »Du hast dich nicht verändert, Rudy. Geh weg!«

»Ich bin von der Armee zurück, Kris«, erklärte Rudy mit sanfter Stimme. »Sie haben mich nach einer ärztlichen Untersuchung entlassen. Ich möchte, daß du wieder zu mir kommst, Kris. Bitte!«

Sie wollte aber nicht zuhören, sondern rückte noch weiter von ihm ab, tiefer in den Schrank hinein, und schloß die Augen. Er machte ein paar Bewegungen mit den Lippen, als suche er sich an Worte zu erinnern, die er bereits gesprochen hatte, aber es kam kein Laut. Und dann steckte er sich eine Zigarette an, setzte sich in die offene Schranktür, rauchte und wartete darauf, daß sie wieder zu ihm kam. Er hatte jetzt acht Monate darauf gewartet, daß sie wieder zu ihm kam – seit der Zeit, da er zum Militärdienst eingezogen wurde und sie ihm geschrieben hatte: Rudy, ich werde von jetzt an mit Jonah in ›The Hill‹ leben.

Irgend etwas sehr, sehr Winziges schien in den tiefschwarzen Schatten auf der Lauer zu liegen – dort, wo die oberste Stufe der Treppe vom ersten Stock in den Korridor mündete. Er hörte es kichern wie den Triller eines gläsernen Spinetts. Rudy wußte genau, daß es über *ihn* kicherte, aber er konnte in der Ecke drüben keine Bewegung ausmachen.

Kris schlug die Augen auf und starrte ihn voll Widerwillen an. »Warum bist du gekommen?«

»Weil wir heiraten wollen.«

»Mach, daß du wegkommst!«

»Ich liebe dich, Kris. Bitte!«

Sie trat nach ihm. Es tat nicht weh, aber es hatte weh tun sollen. Langsam zog er sich aus dem Wandschrank zurück.

Jonah lag unten im Wohnzimmer. Die Blonde, die Rudy die Tür aufgemacht hatte, versuchte ihm die Hose auszuziehen. Er schüttelte immer wieder verneinend den Kopf und versuchte sie mit schlaffen Händen abzuwehren. Der Plattenspieler unter dem Bücherregal aus Ziegelsteinen und Brettern spielte Simon & Garfunkel: ›The Big Bright Green Pleasure Machine‹.

»Es schmilzt«, sagte Jonah leise. »Es schmilzt.« Und zeigte dabei auf den großen, halbblinden Spiegel über dem Kaminsims. Der Kamin selber war vollgestopft mit unverbranntem Zeug – Milchbehälter aus Wachspappe, Bonbonpapiere, Zeitungen der Underground-Presse und Katzendreck. Der Spiegel war blind und eisig. »Es schmilzt!« schrie Jonah auf einmal laut und hielt sich die Augen zu.

»Ach, Scheiße!« sagte die Blonde und ließ ihn zurückfallen. Sie gab endlich auf. Dann kam sie auf Rudy zu.

»Was hat er?« erkundigte sich Rudy.

»Der ist wieder auf Trip. Himmel, wie langweilig der sein kann!«

»Ja, aber was *ist* mit ihm?«

Sie zuckte die Achseln. »Er glaubt, daß sein Gesicht schmilzt. Das sagt er wenigstens.«

»Hat er Marihuana geraucht?«

Die Blonde sah ihn mit plötzlich erwachendem Mißtrauen an. »Mari . . . He, wer bist du eigentlich?«

»Ich bin ein Freund von Kris.«

Die Blonde musterte ihn noch ein bißchen länger, dann hatte sie ihn, wie aus der Art zu schließen war, in der sie die Schultern sinken ließ und ihre ganze Haltung sich entspannte, akzeptiert. »Ich dachte, du wärst vielleicht erst grade reingekommen, weißt du. Vielleicht 'n Bulle. Weißt du?«

Hinter ihr an der Wand hing ein Poster, dessen leuchtende Farben an der Stelle, auf die jeden Morgen das Sonnenlicht traf, in einem langen, geraden Streifen verblaßt waren. Er sah sich unsicher um. Er wußte nicht recht, was er jetzt tun sollte.

»Ich wollte Kris heiraten. Vor acht Monaten«, erklärte er.

»Möchtest du vögeln?« fragte die Blonde. »Wenn Jonah auf Trip ist, kann man mit ihm nichts mehr anfangen. Ich habe den ganzen Vormittag, den ganzen Tag Coca-Cola getrunken, und jetzt bin ich so richtig geil.«

Die nächste Schallplatte fiel auf den Plattenteller; Stevie Wonder blies eifrig auf seiner Harmonika und sang dazu: »I Was Born To Love Her.«

»Ich war mit Kris verlobt«, sagte Rudy traurig. »Wir wollten heiraten, sowie ich mit der Grundausbildung fertig war. Aber sie entschied sich dafür, mit Jonah hierherzukommen, und ich wollte sie nicht drängen. Also habe ich acht Monate lang gewartet, aber jetzt bin ich aus der Armee entlassen.«

»Also – willst du nun, oder willst du nicht?«

Unter dem Eßzimmertisch schob sie sich ein Seidenkissen unter. Darauf stand: *Souvenir of Niagara Falls, New York.*

Als er ins Wohnzimmer zurückkehrte, saß Jonah auf dem Sofa und las Hesses ›Glasperlenspiel‹.

»Jonah?« sagte Rudy. Jonah hob den Kopf. Es dauerte eine Weile, bis er Rudy erkannte.

Als er ihn erkannt hatte, patschte er mit der flachen Hand auf den Sofaplatz neben sich, und Rudy ging hin und setzte sich.

»He, Rudy! Wo bist du gewesen?«

»Beim Militär.«

»Hu!«

»Ja, fürchterlich.«

»Und jetzt bist du raus? Ich meine, ganz?«

Rudy nickte. »Hm-hm. Untauglich geschrieben.«

»He, fabelhaft!«

Sie blieben eine Weile schweigend sitzen. Dann nickte Jonah vor sich hin und sagte zu sich selbst: »Du bist nicht sehr müde.«

Rudy sagte: »He, Jonah, hör mal – was ist eigentlich mit Kris? Du weißt doch, daß ich sie vor ungefähr acht Monaten heiraten wollte.«

»Die muß hier irgendwo sein«, antwortete Jonah.

Aus der Küche drangen, quer durch das Eßzimmer, wo die Blonde unter dem Tisch lag und schlief, Geräusche, als werde Fleisch zerrissen. Diese Geräusche hielten sehr lange an, aber Rudy sah aus dem vorderen Fenster, dem großen Erkerfenster. Auf dem Gehsteig, an der Ecke des Gartenweges, der bis zur Haustür führte, stand ein Mann in einem dunkelgrauen Anzug. Er redete auf zwei Polizisten ein und deutete zu dem großen, alten Haus herüber.

»Jonah, kann ich Kris jetzt mitnehmen?«

Jonah machte ein böses Gesicht. »He, hör mal zu, Mann. Kein Mensch hält sie hier fest. Sie hat die ganze Zeit bei uns mitgemacht, und es hat ihr gefallen. Geh doch und frag sie. Verdammt, aber belästigte *mich* doch nicht damit!«

Die beiden Cops kamen auf das Haus zu.

Als es klingelte, stand Rudy auf, um die Tür zu öffnen.

Sie sahen seine Uniform und lächelten ihm zu.

Der erste Cop sagte: »Wohnen Sie hier?«

»Ja«, antwortete Rudy. »Ich heiße Rudolph Boekel. Kann ich Ihnen irgendwie helfen?«

»Wir würden gern hereinkommen und mit Ihnen sprechen.«

»Haben Sie einen Haussuchungsbefehl?«

»Wir wollen nicht durchsuchen. Wir wollen nur mit Ihnen sprechen. Sind Sie in der Armee?«

»Eben entlassen. Ich bin nach Hause gekommen, um meine Familie zu besuchen.«

»Dürfen wir reinkommen?«

»Nein, Sir.«

Der zweite Cop machte ein besorgtes Gesicht. »Ist das hier das Haus, das ›The Hill‹ genannt wird?«

»Wie bitte?« fragte Rudy mit verständnisloser Miene.

»Na ja, die Nachbarn sagen, daß dies hier ›The Hill‹ sei und daß sich hier ziemlich wilde Partys abspielen.«

»Hören Sie was von einer Party?«

Die Cops sahen einander an. Rudy fuhr fort: »Es ist hier immer sehr still. Meine Mutter liegt im Sterben. Magenkrebs.«

Sie ließen Rudy einziehen, weil er mit den Leuten reden konnte, die an die Tür kamen. Außer Rudy, der die Lebensmittel einkaufen ging, und den allwöchentlichen Ausflügen zum Abholen der Arbeitslosenunterstützung, verließ kein einziger von ihnen ›The Hill‹. Es war tatsächlich immer sehr still.

Bis auf manchmal. Da hörte man im hinteren Treppenhaus, das zu den ehemaligen Dienstbotenzimmern hinaufführte, ein Knurren; und unten im Keller ein Platschen, das Geräusch nasser Dinge auf Ziegelstein.

Es war eine in sich geschlossene kleine Welt, im Norden begrenzt von Acid und Meskalin, im Süden von Pot und Peyote, im Osten von Speed und Redballs, im Westen von Tranquilizern und Amphetaminen. Elf Personen lebten in ›The Hill‹. Elf Personen – und Rudy.

Er wanderte durch die Korridore, und ab und zu fand er Kris, die nicht mit ihm reden wollte. Nur einmal fragte sie ihn, ob er jemals schwer hinter etwas her gewesen sei – hinter *irgend etwas anderem* als Liebe. Er wußte nicht, was er ihr antworten sollte, deswegen sagte er nur: »Bitte.« Und sie schimpfte ihn einen Spießer, ließ ihn stehen und ging zur Treppe, die auf den Speicher mit seinen Dachfenstern führte.

Rudy hatte gelegentlich ein Quietschen auf dem Speicher

gehört. Es hatte in seinen Ohren geklungen wie das Quietschen von Mäusen, die in Stücke gerissen werden. Es gab auch Katzen im Haus.

Er wußte nicht recht, weshalb er da war; höchstens vielleicht, weil er nicht begriff, weshalb *sie* hierbleiben wollte. Sein Kopf brummte ununterbrochen, und manchmal hatte er das Gefühl, wenn er nur das richtige Wort in der richtigen Art sagen könnte, dann würde Kris mit ihm fortgehen. Allmählich begann er das Licht zu hassen. Es tat seinen Augen weh.

Niemand von denen hier sprach viel mit den anderen. Sie waren immer darauf versessen, ›high‹ zu bleiben, das Gruppenhigh so hoch wie möglich zu halten. Das war ihre Art, füreinander zu sorgen.

Und Rudy wurde zu ihrer einzigen Verbindung mit der Außenwelt. Er hatte an jemanden geschrieben – an seine Eltern, an einen Freund, an eine Bank, an irgend jemanden –, und jetzt kam regelmäßig Geld. Nicht viel, aber genug, um einen Lebensmittelvorrat zu halten und um die Miete zu bezahlen. Aber er bestand darauf, daß Kris nett zu ihm war.

Sie alle sorgten dafür, daß sie nett zu ihm war, und deswegen schlief sie mit ihm in dem kleinen Zimmer im ersten Stock, wo Rudy seine Zeitungen und seinen Militärsack aufbewahrte. Wenn er nicht mit Einkäufen für ›The Hill‹ unterwegs war, lag er dort fast den ganzen Tag und las die kleineren Meldungen über Zugzusammenstöße und ärgerliche Vorfälle in den Vororten. Dann erschien Kris, und sie machten so eine Art Liebe miteinander.

Eines Abends überredete sie ihn, er soll es doch mal mit Acid versuchen, und er schluckte fünfzehnhundert ›Mikes‹, mit Methedrin versetzt, in zwei großen Gelatinekapseln, und sie dehnte sich über zehn Kilometer aus wie Toffee. Er selber war ein dünner, mit Strom geladener Kupferdraht, und durchstach ihr Fleisch. Sie zuckte unter dem Strom, der ihn durchfloß, und wurde noch weicher. Er sank in diese Weiche hinein, sank hindurch und beobachtete interessiert das wie Holz gemaserte Muster, das ihre Tränen hinterließen, als sie in dem Nebel um ihn herum emporstiegen. Er sank allmählich immer tiefer, drehte sich, drehte sich, gehalten nur von einem Hauch von Blau, das seinem Körper entströmte wie ein Spinnennetz.

Das Geräusch ihres Atems glich in der feuchten, von Kristallsäulen gestützten Höhle, die immer steiler wurde, dem Geräusch der Wände selber. Und wenn er die Wände mit seinen warmen Metallfingerspitzen berührte, atmete sie tief und lange ein, zwang die Luft um ihn herum empor, während er tiefer sank und sich in einem Schleier von moschusduftender Gelöstheit langsam drehte und wand.

Unter ihm, irgendwo, pulste etwas, ohne aufzuhören; und während er hinuntersank, fürchtete er sich vor dem hohen Klageton eines Dings, das zu zerspringen drohte. Er empfand eine panische Angst. Die Panik packte ihn, peitschte ihn; seine Kehle schnürte sich zusammen; er versuchte den Schleier zu packen, und zerfetzte ihn in seinen Händen. Dann fiel er, schneller jetzt, viel schneller, und fürchtete sich, *fürchtete sich!*

Rings um ihn her violette Explosionen, und das Kreischen von einem Ding, das ihn fangen wollte, ihn suchte, ein Pulsieren tief in der Kehle eines Tieres, das er nicht bei Namen zu nennen vermochte. Und dann hörte er sie unter sich schreien, hörte sie klagen und singen, und hatte in sich ein schreckliches, niederdrückendes Gefühl.

Und dann war Stille.

Sie dauerte nur einen Moment.

Dann kam leise Musik, die nichts verlangte als Unaufmerksamkeit. Sie lagen da, ineinandergeschmiegt, in der Hitze des winzigen Raums, und schliefen ein paar Stunden lang.

Von da an ging Rudy nur noch selten ins Licht hinaus. Die Einkäufe erledigte er, mit Sonnenbrille, am Abend. Er leerte die Mülleimer aus und fegte den Gartenweg – am Abend. Und schnitt den vorderen Rasen mit einer Schere, weil der Rasenmäher die Bewohner der Apartmenthäuser gestört hätte – die sich nun nicht mehr beschwerten. Weil drüben, in ›The Hill‹, nur selten ein Laut zu hören war.

Allmählich fiel ihm auf, daß er ein paar der elf jungen Leute, die in ›The Hill‹ wohnten, nicht mehr zu sehen bekam. Aber die Geräusche von oben und unten und rings um ihn herum im Haus nahmen zu.

Seine Kleidungsstücke waren ihm jetzt zu groß. Er trug nur noch Unterhosen. Hände und Füße taten ihm weh. Die Fingerknöchel waren geschwollen, so oft knackte er mit ihnen, und außerdem waren sie stark gerötet.

In seinem Kopf summte es ununterbrochen. Der dünne, ewige Geruch von Pot war in die Wände und Balken gedrungen. Die Außenseiten seiner Ohren waren von einem Juckreiz befallen, den er auch nicht durch Kratzen loswurde. Er las täglich in seinen Zeitungen, alten Zeitungen, deren Meldungen in sein Gedächtnis eingeprägt waren. Er erinnerte sich, daß er einmal als Automechaniker gearbeitet hatte, aber das schien jetzt sehr, sehr lange zurückzuliegen. Als in ›The Hill‹ der Strom abgestellt wurde, machte es ihm nichts aus, denn Rudy zog die Dunkelheit vor. Aber er ging hin, um es den elfen zu sagen.

Er fand sie nicht.

Sie waren alle verschwunden. Sogar Kris, die hier doch irgendwo hätte sein müssen.

Er hörte die feuchten Geräusche im Keller und stieg in die Finsternis hinab. Der Keller war überschwemmt. Und einer der elf war hier unten. Sein Name war Teddy. Er hatte sich ganz oben an der schleimüberzogenen Kellerwand festgesaugt, hing dicht an den Steinen, pulsierte sanft und strahlte ein dünnes, purpurnes Licht aus, tiefrot wie eine Wunde. Er senkte einen der gummigleichen Arme ins Wasser hinab und ließ ihn da hängen, so daß er sich träge mit der gezeitenlosen Flut bewegte. Dann kam etwas in seine Nähe. Mit einer abrupten Bewegung packte er zu und holte das Ding, das sich noch angstvoll wand, aus dem Wasser heraus. Er hob es langsam die Wand hinauf bis zu einem dunklen, feuchten Flecken nahe seinem oberen Ende, nahe den Venen, die sich über die ganze Länge seiner Außenhaut zogen. Dann stieß er das Ding gegen den blutdunklen Fleck, daß es mit einem schreckenerregenden Laut aufkreischte und in der Öffnung verschwand. Ein saugendes Geräusch, dann ein Schlucken.

Rudy ging wieder hinauf. Im Erdgeschoß fand er die Blonde, die Adrianne hieß. Sie lag, schmal und weiß, als Tischtuch auf dem Eßzimmertisch, während drei andere, die er schon seit langem nicht mehr gesehen hatte, die Zähne in ihren Körper schlugen und durch diese hohlen, scharfen Zähne die gelbe Flüssigkeit aus den aufgedunsenen Eitertaschen tranken, die einmal ihre Brüste und ihre Lenden gewesen waren. Ihre Gesichter waren sehr weiß, und ihre Augen glichen rußigen Löchern.

Als er in den ersten Stock hinaufstieg, wurde Rudy fast umgestoßen von einem Wesen, das früher einmal Victor gewesen war und jetzt auf dick gerippten Lederschwingen an ihm vorüberflog. Er trug eine Katze in den Fängen.

Dann sah er das Ding auf der Treppe, das sich so angehört hatte, als zähle es schwere Goldstücke. Es zählte keine schweren Goldstücke. Rudy konnte einfach nicht hinsehen; ihm wurde übel davon.

Kris fand er in einer Ecke des Speichers. Sie war damit beschäftigt, den Schädel eines Dinges zu zerbrechen, das wie ein Glasspinett kicherte, um dann die feuchte Hirnmasse herauszusaugen.

»Kris, wir müssen fortgehen«, sagte er zu ihr. Sie streckte den Arm aus und berührte ihn, klopfte mit ihren langen, spitzen, schmutzigen Fingernägeln an ihn. Er klang wie Kristall.

In den Dachbalken des Speichers hockte Jonah. Er sah aus wie ein Wasserspeier und schlief. Auf seinem Kinn war ein grünlicher Fleck, und in seinen Klauen hielt er etwas Sehniges.

»Kris – bitte!« drängte er.

Sein Kopf brummte.

Seine Ohren juckten.

Kris saugte schmatzend den letzten Rest des saftigen Lekkerbissens aus dem Schädel der stummen, kleinen Kreatur und kratzte sich den schlaffen Körper mit haarigen Händen. Sie hockte sich bequem auf ihre Schenkel und reckte die lange, haarige Schnauze empor.

Rudy huschte davon.

Er lief mit langen, leichten Schritten, brachte sich, die Handknöchel über den Speicherfußboden streifend, hastig in Sicherheit. Hinter ihm knurrte Kris. Er kam in den ersten Stock, dann ins Erdgeschoß und versuchte, über den Morris-Sessel auf den Kaminsims zu klettern – damit er sich beim Licht des Mondes, das durch die von Fliegen verdreckten Fenster hereinfiel, im Spiegel betrachten konnte. Aber Naomi hockte am Fenster und leckte die Fliegen mit ihrer Zunge auf.

Er kletterte weiter – getrieben von Verzweiflung und dem Wunsch, sich endlich sehen zu können. Und als er vor dem Spiegel stand, entdeckte er, daß sein Körper durchsichtig war, daß er nichts in sich hatte, daß seine Ohren lang und spitz geworden waren und Haare an ihren Spitzen wuchsen. Seine Augen waren so groß wie die eines Koboldmakis, und das reflektierte Licht tat ihnen weh.

Da hörte er das Knurren hinter und unter sich.

Der kleine Glaskobold drehte sich um, und der Werwolf erhob sich auf die Hinterbeine und stieß ihn an, bis er wie feinstes Kristall zu klingen begann.

Der Werwolf sagte mit sehr wenig Anteilnahme: »Bist du schon jemals ganz schwer hinter irgend etwas anderem als Liebe hergewesen?«

»Bitte!« flehte der kleine Glaskobold im selben Augenblick, als ihn die große, haarige Pranke traf und er in Millionen von funkelnden Regenbogensplittern zersprang, die sich in dieser festgefügten, kleinen, geschlossenen Welt, in ›The Hill‹, verteilten und in die Dunkelheit hineinsangen und -klangen und klirrten, die langsam durch die stummen Holzwände hereinzusickern begann.

Aus dem Amerikanischen von Gisela Stege

James E. Gunn

Zeit zum Füttern

Als Angela erwachte, fiel ihr mit Schrecken ein, daß es heute wieder einmal Zeit zum Füttern war. Sie sprang aus dem Bett, eilte zum Schreibtisch und blätterte hastig in ihrem Terminkalender. Sie atmete erleichtert auf. »Gott sei dank! Ich hatte es doch nicht vergessen.« Sie hatte sich einen Termin notiert.

Angela brauchte nur fünfundvierzig Minuten zum Anziehen und für ihr Make-up. Sie mußte sich beeilen, es war Zeit zum Füttern. Sie fuhr mit dem Aufzug ins Erdgeschoß hinunter, lief auf die Straße und winkte ein Taxi heran. Sie kümmerte sich nicht um die bewundernden Blicke der Männer, die stehenblieben und ihr nachsahen, denn sie hatte es eilig. Es war Zeit zum Füttern.

Der Zoo war wieder hinter ihr her – und natürlich auch die Männer, aber das war weniger erstaunlich, denn sie war jener Typ – blond, blauäugig, langbeinig –, von dem die Männer träumen und dem sie zu Füßen liegen. Ihre Maße – 92/58/90 – lagen in jenem Bereich, wo Männer sich plötzlich wieder für Mathematik zu interessieren beginnen und ihr Studium fortsetzen möchten.

Aber Angela hatte keine Zeit für Männer – heute nicht. Der Zoo war wieder hinter ihr her, und es war Zeit zum Füttern.

Dr. Bachmann war von graubärtiger, rosighäutiger, blauäugiger Freundlichkeit, und das war seine Masche und die Grundlage seines Erfolgs. Darunter lag etwas, das nicht so ganz freundlich war und wohl mit dazu beigetragen hatte, daß er diesen Beruf wählte. Für einen Augenblick verrutschte diese Maske, seine *Persona*, wie es die Jungianer nennen.

»Ein Zoo?« fragte er verwundert, und seine Stimme klang

tief, klar und kultiviert. Nur die winzige Spur eines Akzents verriet, daß er ein Wiener war. Er hatte sich sofort wieder in der Gewalt. »Habe ich richtig gehört? Ein Zoo?«

»Nun ja, eigentlich ist es kein richtiger Zoo«, sagte Angela, spitzte nachdenklich die hübschen Lippen und betrachtete die Decke. »Zumindest kein Zoo im üblichen Sinne. Es ist nämlich nur ein einziges Tier, wenn man es überhaupt als Tier bezeichnen kann.«

»Als was würden Sie es denn bezeichnen?«

»Ich weiß es nicht.«

»Nun, was würden Sie zu ihm sagen, wenn Sie es rufen wollten?«

»Das würde ich nie tun«, sagte sie hastig und schien zu erschauern, wodurch sie noch anziehender wurde. »Es könnte doch tatsächlich kommen.«

»Hm, hm«, machte Dr. Bachmann so nachdenklich wie nichtssagend.

»Sie werden fragen: Wenn es kein Tier ist«, sagte sie seufzend, »was ist es denn?«

»Hm. Genau.«

»Es ist ein Ungeheuer.«

»Was für ein Ungeheuer?« fragte Dr. Bachmann ungerührt.

Angela stützte sich auf einen Ellbogen und musterte über das Kopfende der Couch hinweg den Psychoanalytiker. »Sie haben das eben gesagt, als hätten Sie jeden Tag mit Ungeheuern zu tun. Das glaube ich Ihnen sogar«, sagte sie mitfühlend. »Psychiater zu sein, ist ein gefährlicher Beruf.«

»Gefährlich?« erwiderte Dr. Bachmann verwundert, und seine freundliche Maske verrutschte zum zweitenmal. »Wie meinen Sie das?«

»Nun ja, all die seltsamen und merkwürdigen Leute, die zu Ihnen kommen, ihre Probleme . . .«

»Ja, ja, natürlich«, sagte er hastig. »Aber was dieses Ungeheuer betrifft . . .«

»Ja, Herr Doktor«, nickte Angela und streckte sich folgsam wieder auf der Couch aus. Sie blickte an die Zimmerdecke, als sehe sie das Ungeheuer dort hängen. »Es ist keins dieser Alptraumungeheuer, obwohl es schrecklich genug aussieht. Dazu ist es zu wirklich. Es hat keine verschwommenen Umrisse, sondern ein rotes Fell, kurzhaarig, wie der Körper mancher Spinnen behaart ist. Es hat aber vier Beine, doch nicht wie die Beine bei Hunden oder Katzen und so, vorn und hinten und auf beiden Seiten, sondern wie in Büschel unten am Körper. Sie sind sehr stark, viel stärker als sie sein müßten, um den Leib zu tragen. Deshalb kann es auch aus dem Stand fünf Meter in die Luft springen.«

Sie drehte wieder den Kopf nach hinten, um den Doktor anzusehen. »Sie haben doch verstanden, was ich meine.«

Hastig klappte der Psychoanalytiker sein Notizbuch zu, aber Angela hatte mit einem Blick gesehen, daß er eine ganze Seite voll Männchen gemalt hatte.

»Oh, wie nett von Ihnen«, sagte sie und klatschte vergnügt in die Hände. »Sie haben eine Skizze von ihm angefertigt, während ich es Ihnen schilderte.«

»Ja, ja«, knurrte der Doktor verdrossen. »Fahren Sie bitte fort.«

»Ja, also, es hat zwei Arme und Hände mit sechs Fingern, die erstaunlich biegsam sind, als hätten sie keine Knochen, aber nicht nur biegsam, sondern auch unglaublich dehnbar. Sie verlängern sich um ein Vielfaches, wenn es etwa nach einer Frucht greifen will, die sehr hoch hängt.«

»Ein Vegetarier also«, sagte Dr. Bachmann und machte damit sein obligatorisches Scherzchen.

»O nein, Herr Doktor! Keineswegs«, sagte Angela und sah ihn mit großen Augen an. Es frißt zwar alles, aber Fleisch ist ihm am liebsten. Sein Gesicht ist fast menschenähnlich, nur ist seine Haut grün. Und es hat sehr scharfe Zähne.« Sie schauderte von neuem. »Unglaublich scharf. Spreche ich Ihnen zu schnell, Herr Doktor?«

»Lassen Sie das meine Sorge sein«, sagte der Psychoanalytiker ungeduldig. »Es ist Ihr Unterbewußtsein, das wir untersuchen wollen, und ich werde mich seiner Geschwindigkeit anpassen.«

»Ach du guter Gott«, sagte Angela entsetzt. »Das Unterbewußtsein? Daraus wird doch nicht etwa noch so ein Ungeheuer?«

»Sind Sie der Meinung, daß dieses Ungeheuer keine objektive Realität hat?« fragte Dr. Bachmann mißtrauisch.

»Doch, doch! Das ist es ja, was mich so wahnsinnig macht. Ich glaube, mir kann nicht geholfen werden. Es ist schrecklich, aber es sieht fast so aus.«

Dr. Bachmann zupfte nachdenklich an seinem Bart. »Tja«, sagte er. »Versuchen wir es noch einmal von vorn. Versuchen Sie sich zu erinnern, wann und wie diese Illusion zum erstenmal auftrat.«

»Ich glaube, es fing damit an, daß ich plötzlich Platzangst hatte.«

Dr. Bachmann zuckte die Achseln. »Eine krankhafte Furcht vor engen Räumen ist durchaus nichts Ungewöhnliches.«

»Das hat nichts mit engen Räumen zu tun. Es ist im Freien dasselbe. Die Angst ist von der Umgebung völlig unabhängig. Ich fühlte mich plötzlich in einen Raum versetzt, der eigentlich ziemlich geräumig war, aber auf ihm lastete ein ungeheures Gewicht, eine Felsmasse oder ein riesiges Mauerwerk. Ich befand mich inmitten von vielen Leuten. Aber für einen Augenblick war die Illusion so intensiv, daß die wirkliche Umgebung verschwand.«

»Aber die Illusion verschwand auch wieder.«

»Natürlich. Aber dann kam der Geruch. Es war ein merkwürdiger Geruch, modrig, dumpf und zugleich scharf wie in einem Raubtierzwinger im Winter, wie in einem Löwenkäfig, aber doch irgendwie anders. Ich weiß nicht, wie ich sagen soll, aber er erinnerte mich immer irgendwie an einen Zoo.«

»Aber den Geruch konnten natürlich nur Sie wahrnehmen.«

»Ja, das stimmt. Zuerst war es mir peinlich. Ich versuchte, ihn mit Parfüm zu unterdrücken, aber es half nichts. Doch dann merkte ich, daß niemand außer mir etwas zu riechen schien. Er kam und war plötzlich verschwunden, genau wie diese Platzangst. Aber mit jedemmal wurde der Geruch intensiver. Es wurde immer schlimmer, und da beschloß ich, einen Psychiater aufzusuchen, es war ein Dr. Aber.«

»Das war, bevor die Illusion visuell in Erscheinung trat?«

»Das war Dr. Abers Fehler, daß ich das Ungeheuer schließlich sogar sehen konnte, glaube ich.«

»Natürlich. Das war zu erwarten«, sagte Dr. Bachmann.

»Als überhaupt nichts half, versuchte es Dr. Aber mit Hypnose. ›Lassen Sie sich in Ihr Unterbewußtsein sinken‹, sagte er. ›Öffnen Sie die Tore zur Vergangenheit!‹ Also gut, ich ließ mich sinken und öffnete die Tore. Und so ist es eben passiert.«

»Was ist passiert«, fragte Dr. Bachmann gespannt und beugte sich vor.

»Ich sah das Ungeheuer.«

»Ach so«, sagte Dr. Bachmann und lehnte sich sichtlich enttäuscht wieder zurück.

»Die Leute waren dicht neben mir, aber das Ungeheuer war noch näher. Der Gestank war atemberaubend, als es durch die Tür starrte und mich ansah. Ich schlug die Tür zu, aber es war zu spät. Es gab diese Tür, und ich wußte, daß man sie öffnen konnte, und es wußte, daß man sie öffnen konnte. Nun bekam ich es wirklich mit der Angst zu tun.«

»Angst?«

»Ja. Angst, daß das Ungeheuer durch die Tür kommen konnte.«

Der Psychoanalytiker zupfte an seinem Bart. »Und Sie haben eine Erklärung für diese Halluzination?«

»Sie lachen nicht?«

»Bestimmt nicht.«

»Ich vermute nämlich, daß ich durch irgendeine merkwürdige Zeitverschiebung mit einem Zoo in Verbindung stehe, der in einer fernen Zukunft existiert. Das Ungeheuer – stammt nicht von der Erde. Es kommt von einer anderen Welt – vielleicht vom Jupiter, obwohl ich nicht so ganz davon überzeugt bin. Durch die Tür konnte ich ein Schild sehen. Einen Teil der Aufschrift konnte ich lesen.«

Angela drehte sich um, nahm dem überraschten Dr. Bachmann das Notizbuch aus der Hand und schrieb:

M'RA
LARMIS
Nativ
Wega

»Genau wie in einem Zoo«, sagte sie und gab ihm das Notizbuch zurück. »Es gibt einen Stern, der Wega heißt.«

»Ja«, sagte der Psychoanalytiker ernst. »Und Sie haben

Angst, daß dieses ... dieses fremde Wesen durch die Tür kommt und ...«

»Ja, genau. Es kann die Tür jetzt öffnen, wissen Sie. Es kann hier nicht existieren, das ist unmöglich. Aber etwas aus der Gegenwart kann in der Zukunft existieren. Und das Ungeheuer hat Hunger ... nach Fleisch.«

»Nach Fleisch?« sagte Dr. Bachmann und runzelte die Stirn.

»Alle paar Wochen«, sagte Angela zitternd, »ist es Zeit zum Füttern.«

Dr. Bachmann zupfte an seinem Bart und bereitete sich darauf vor, mit einem geübten chirurgischen Schnitt die traumatischen Verknüpfungen zu durchtrennen und die Wurzeln der Neurose bloßzulegen. Er sagte sehr laut und sehr bestimmt: »Das Ungeheuer erinnert Sie an Ihren Vater, stimmt's?«

Nun war es an Angela, die Stirn zu runzeln. »Dasselbe hat Dr. Aber auch gesagt. Ich selbst habe nie eine Ähnlichkeit bemerkt. Vielleicht könnte man sagen ... na ja, so ganz entfernt.«

»Dieser Dr. Aber ... Er hat Sie schlecht behandelt?«

»Nein. Ich möchte keineswegs, daß Sie einen falschen Eindruck bekommen«, sagte Angela abwehrend. »Er hat mir sehr geholfen. Aber seine Hilfe war ... nun, sie hielt eben nicht lange an, wenn Sie verstehen, was ich meine.«

»Und Sie hätten gern etwas Solideres, etwas, das länger ... äh ... anhält.«

»Das wäre schön. Aber ich möchte mir nicht allzu große Hoffnungen machen«, sagte Angela und schlug die Augen nieder.

»Nun ... äh ... natürlich«, sagte Dr. Bachmann. »Das braucht alles seine Zeit, aber sicher wird es uns gelingen, durch gemeinsame Arbeit die unbewußten Repressionen ins Bewußtsein zu heben, wo wir sie von ihren neurotischen Komponenten befreien können.«

»Und Sie glauben, das alles befindet sich irgendwo in meinem Kopf?« fragte Angela nachdenklich.

»Aber sicher«, sagte der Psychoanalytiker munter. »Gehen wir die Entstehung dieser Zwangsvorstellung noch einmal von vorn durch. Zuerst trat die Platzangst auf, dann dieser

Geruch, dann – durch Dr. Abers unsachgemäße Behandlung, oder wie soll ich sagen – wurden diese Träume . . .«

»Aber Herr Doktor, das sind keine Träume!« sagte Angela entrüstet. »Wenn ich schlafe, träume ich nicht von Ungeheuern. Da träume ich . . .« Es war reizend, sie erröten zu sehen. »Da träume ich von . . ., jedenfalls nicht von Ungeheuern. Aber dieses Ungeheuer in jenem Zoo . . . ich sehe es jedesmal, wenn ich die Augen schließe.« Sie schauderte. »Es wird ungeduldig.«

»Hungrig?«

Angela starrte ihn an. »Ja. Es ist höchste Zeit zum Füttern. Es wird natürlich gefüttert, vom Wärter, vermute ich. Aber nur mit Grünzeug, Früchten und so. Aber es hat Appetit auf Fleisch.«

»Ja, und dann?«

»Es wird die Tür öffnen.«

»Streckt seine dehnbaren Finger durch den Spalt . . .«

»Ja, genau«, sagte Angela und warf ihm einen bewundernden Blick zu.

»Und Sie befürchten, daß es eines Tages so hungrig sein könnte, daß es Sie auffrißt.«

»Ja, das befürchte ich. Würden Sie das nicht auch befürchten? Da gibt es doch diese Sagen über Drachen, über den Minotaurus und diese Wesen. Sie bevorzugten immer das Fleisch von Jungfrauen. Und wenn das überall erzählt wird, dann . . .«

»Wenn es das ist, was Sie fürchten«, sagte Dr. Bachmann trocken, »dann dürfte es doch für Sie ein leichtes sein, sich dieser Gefahr ein für allemal zu entziehen.«

»Aber, Herr Doktor«, kicherte Angela. »Was sind das für Vorschläge, die Sie mir da machen?«

»Hm . . . äh . . .hm«, räusperte sich der Psychoanalytiker. »Aber, um auf unser Problem zurückzukommen, Sie sagten, alle paar Wochen komme die Zeit zum Füttern. Und Sie wurden nervös, fürchteten sich und suchten mich auf, um mich um Hilfe zu bitten.«

»Ja, genauso ist es.«

»Und nun ist wieder dieser Zeitpunkt gekommen, an dem das Ungeheuer gefüttert werden muß.«

»Ja, es ist wieder soweit.« Angela weitete die Nüstern. »Es steht direkt hinter der Tür. Riechen Sie nichts. Herr Doktor?«

Dr. Bachmann hob den Kopf und sog prüfend die Luft ein, dann lächelte er und sagte »natürlich nicht. Aber nun wollen wir uns mal ein bißchen über Ihren Vater unterhalten.«

»Nun ja«, begann Angela zögernd. »Wissen Sie, er glaubte an die Reinkarnation . . .«

»Aber, aber«, sagte der Psychoanalytiker ungeduldig. »Ich möchte wichtigere Dinge über ihn wissen. Wie war Ihr Verhältnis zu ihm, während Sie ein kleines Mädchen waren? Was machte er für einen Eindruck auf Sie? Haßten Sie Ihre Mutter?«

»Ich fürchte, dazu haben wir heute keine Zeit mehr, Herr Doktor. Es hat seine Finger schon durch die Türspalte gesteckt.«

Dr. Bachmann warf unwillkürlich einen Blick über die Schulter.

»Das Ungeheuer?« fragte er und sein Bart zuckte nervös. »Unsinn. Aber um auf Ihren Vater zurückzukommen . . .«

»Jetzt hat es die Tür geöffnet«, schrie Angela. »Ich habe Angst. Es hat Hunger. Es ist Zeit zum Füttern.«

»Ich falle nicht noch einmal darauf herein«, sagte der Psychoanalytikr streng. »Wenn unsere Sitzung zu irgendeinem Ergebnis führen soll, dann müssen wir zunächst lückenlose . . .«

»Doktor! Passen Sie auf! Die Finger . . . Doktor Bachmann! Doktor! Dok . . .!«

Angela seufzte. Es war ein merkwürdiger Laut, den sie von sich gab, voll von Hoffnungslosigkeit und zugleich voller Erleichterung. Sie griff nach ihrer Handtasche.

»Doktor?« flüsterte sie fragend in das leere Zimmer.

Sie stand auf und schnupperte prüfend. Der Geruch war verschwunden, und mit ihm Dr. Bachmann. Sie ging zur Tür. »Doktor?« versuchte sie es noch einmal.

Keine Antwort. Es gab nie eine Antwort, wenn es vorbei war. Keiner der siebzehn Psychiater hatte noch eine Antwort gegeben. Es gab keinen Zweifel, das Ungeheuer war nicht gut auf Psychiater zu sprechen.

Sie war wirklich in einer schrecklichen Lage, aber es war

bestimmt nicht ihr Fehler, und als Mädchen hatte man keine andere Wahl, mußte tun, was man konnte. Sie tröstete sich mit dem Gedanken, daß das Ungeheuer sie niemals fressen würde. Sie war die Falle, die es in dieser Welt aufgestellt hatte. Wenn es sie fraß, gab es kein Futter mehr.

Sie war also völlig sicher.

Solange ihr die Psychiater nicht ausgingen.

Aus dem Amerikanischen von Mary Hammer